Isabelle Graw

Vom Nutzen der Freundschaft

*Für meine Freund*innen*

Vorrede

Das Folgende beruht ebenso auf Erfahrungen wie auf Fantasie. Die beschriebenen Situationen sind zum Teil persönliche Erlebnisse, die literarisch überformt und kondensiert wurden. Jede Figur, die hier auftritt, ist als ein aus mehreren Personen zusammengesetztes, literarisch stilisiertes Amalgam zu begreifen. In den individuellen Freundschaftsbericht fließen auch gesellschaftstheoretische Überlegungen ein. Die Freundschaft erweist sich dadurch als etwas Einmaliges *und* von bestimmten sozialen Strukturen Zeugendes. Dass Freundschaften weder gänzlich uneigennützig sind noch in ihrem Nutzen aufgehen, zeige ich mit Blick auf den Kunstbetrieb sowie auf meine Lebenswirklichkeit außerhalb dieses eigentümlichen Kosmos. Dabei analysiere ich auch die eigenen Freundschaftspraktiken in Form autofiktionaler Prosa. Mit dem Rückgriff auf das literarische Genre des verfälschenden Tagebuchs, das auch sozialkritische Reflexionen enthält, verfolge ich die Absicht, sowohl eine Klage über die Fallstricke der „Nutzenfreundschaft" zu führen als auch eine Hymne anzustimmen auf die „wahre Freundschaft".

Wenn Sie wissen wollen, wer hier spricht,
welches Ich, so ist es das meine und auch wieder nicht,
aus wem spräche immer nur das eigene Ich.
Marie Luise Kaschnitz

27.7.2020

Heute Morgen nach dem Aufwachen war meine Sehnsucht nach Freundschaft besonders ausgeprägt. Das mag an meiner getrübten Stimmung gelegen haben. Ich griff zum Telefon, um die schlechte Laune durch ein kurzes Telefonat mit meiner Freundin Solange zu vertreiben. Schon dass sie in diesem Gespräch zugewandt mit mir sprach, gab mir neuen Mut und Energie für den Tag. Ich schöpfte Kraft aus der Tatsache, dass sie mir ein Gegenüber ist, an das ich mich in jeder Verfassung wenden kann. Speziell in jenen Momenten, in denen mir alles vergeblich erscheint und mir der Elan für den Tag fehlt, brauche ich ihre Freundschaft wie die Luft zum Atmen. Mein Bedürfnis nach freundschaftlichen Bindungen war allerdings immer schon stark, was daran liegen mag, dass ich aus einer weitgehend dysfunktionalen Familie stamme. Um dieser zu entfliehen, habe ich mir seit meiner Kindheit *Ersatzfamilien* aus Freund*innen gesucht. Von diesen Ersatzfamilien erhoffte ich mir ein Interesse an meiner Person, das mir meine Eltern nicht (oder nur in geringem Maße) entgegenzubringen vermochten. Sie waren erstens zu sehr mit sich selbst beschäftigt und kamen zweitens gar nicht auf die Idee, sich für das Befinden ihrer Kinder zu interessieren. Kinder hatten damals – es waren die 1960er, 1970er Jahre – in erster Linie zu funktionieren. Von meinen Geschwistern und mir wurde entsprechend erwartet, dass wir uns mit einer Situation abfanden, in der unser Vater permanent abwesend und unsere Mutter verzweifelt darüber war, von ihrem Mann unausgesetzt mit jüngeren Frauen betrogen zu werden. Allein gelassen mit drei kleinen Kindern war sie von der Situation verständlicherweise überfordert. Als ihr nach mehreren Anläufen die Trennung von unserem Vater gelungen war, stürzte sie sich in nicht minder unglückliche Liebesaffären, die sie häufig körperlich außer Gefecht setzten. In meiner Erinnerung lag meine Mutter damals einen Großteil der Zeit krank im Bett, von schmerzhaften Gallenkoliken geplagt. Da sie uns Kindern den Vollzug der Scheidung monatelang verheimlicht hatte, wandte ich mich als Teenager enttäuscht von ihr ab: Mein Vertrauensverhältnis zu ihr war nachhaltig erschüttert. Ich orientierte mich anderweitig und suchte in den Familien meiner Freundinnen nach Alternativen. Viel Zeit verbrachte ich bei einer vergleichsweise intakten Nachbarsfamilie, in deren Haus ich regelmäßig übernachtete. Selbst in die Ferien nahm mich diese kinderreiche und streng katholische Familie mit, wobei die damals entstandenen Gruppenfotos von meinem Bemühen zeugen, dazuzugehören – und das, obgleich ich sichtbar nicht dazugehörte. Zu Hause hielt ich mich nur noch selten auf und wenn, dann zog ich mich sogleich in mein Zimmer und meine Lektüren zurück (von Christine Nöstlingers *Maikäfer, flieg!* gelangte ich zu Dostojewskis *Schuld und Sühne*). Wenn ich nicht las, flüchtete ich mich in Tagträume, in denen ich mir ein späteres Leben ausmalte, in dem ich von gleichgesinnten Freund*innen getragen sein würde. Ich stellte mir einen mir wohlgesonnenen sozialen Zusammenhang vor, der mich anregen, auffangen und wirklich verstehen würde. In demselben Maße, wie ich meine Herkunftsfamilie als wenig glücksbringend erlebte, setzte ich also meine ganzen Hoffnungen auf selbstgewählte Freundeskreise und „Szenen".

Meine ersten Erfahrungen diesbezüglich machte ich in der sogenannten „Elbvorortsclique" – einer aus privilegierten Hamburger Großbürgerkindern bestehenden Gruppierung, die sich in Tennis- und Hockeyclubs oder auf der Waitzstraße in Hamburg-Othmarschen traf. Rückblickend betrachtet war diese Clique typisch für die soziale Abgeschlossenheit solcher Milieus – sie bestand ausschließlich aus weißen Personen. Trotz ihrer Homogenität ging es in ihr jedoch nicht idyllisch zu, im Gegenteil: Sie war hierarchisch organisiert, und es kam regelmäßig zu Ausgrenzungen und Ausschlüssen jener Mitglieder, von denen es dann hieß, sie gehörten nicht wirklich dazu. Wengleich das Damoklesschwert des Ausschlusses auch über mir schwebte, lernte ich durch diese Cliquenmitgliedschaft doch die Vorzüge des Lebens in der Gemeinschaft kennen. Ich wähnte mich zum Beispiel verbundener, weil auf andere bezogen, aber auch stärker, weil ich Teil einer Gruppierung war. Schon allein die Tatsache, dass ich aufgenommen worden war, schien mich auszuzeichnen, mir einen Statuszuwachs zu bescheren. Aufgrund meiner persönlichen Lebensumstände (geschiedene Eltern, Reihenhaus statt Villa) nahm ich jedoch eine zwiespältige Position innerhalb der Gruppe ein: Einerseits wurde ich, weil zwar immer noch vergleichsweise privilegiert aufgewachsen, aber aus weniger „reichem Hause" stammend, eher an deren Rand verortet; andererseits machten mich meine unkonventionellen familiären Umstände auch „interessanter". Zum ersten Mal erlebte ich, dass der Status „Scheidungskind" vorteilhaft, also nicht nur ein soziales Stigma, sondern auch ein Distinktionsgewinn verschaffendes Merkmal sein kann. Aus meiner Lebenssituation mit getrennten Eltern resultierte aber auch eine Art psychische Gespaltenheit – ich war einerseits von Sehnsucht nach dem wohlhabenden, jedoch abwesenden Vater erfüllt und musste zugleich mit einem Alltag in vergleichsweise beengten Verhältnissen mit Mutter und Geschwistern im Reihenhaus zurechtkommen. Ich war innerlich zerrissen zwischen der Wut auf meinen Vater, der uns verlassen hatte und doch für ein erstrebenswertes Luxusleben stand, und dem Leiden an den bescheideneren Verhältnissen meiner Mutter, die dafür im Vergleich mehr emotionale Sicherheit boten. Passend dazu schien ich mit einem Fuß in der Clique und mit dem anderen außerhalb von ihr zu stehen – ein Gefühl des Nicht-Dazugehörens, das mich auch in meinem späteren Leben begleiten sollte. Diese Fremdheit empfand ich zwar selbst als ausgesprochen unangenehm, und nichts wäre mir lieber gewesen, als mit einer meiner damaligen Freundinnen aus „intaktem Elternhaus" zu tauschen. Der erzwungene Abstand zum Cliquengeschehen nötigte mir aber auch eine distanzierte Perspektive auf, die zu quasi-soziologischen Betrachtungen über die Clique in meinem Tagebuch führte. Es gab niemanden in dieser Gruppe, mit dem ich meine Beobachtungen hätte teilen wollen, weshalb ich in einen inneren Dialog mit mir selbst über mein Soziales eintrat, der bis heute anhält. Obgleich ich als Teenager auf eine solche Außenperspektive gern verzichtet hätte, habe ich wohl langfristig gesehen von ihr profitiert.

Es war auch keineswegs so, dass die Clique allem Intellektuellen gegenüber verschlossen gewesen wäre – speziell auf dem Gebiet der Musik war sie aufgrund des Inputs einiger männlicher Experten gut informiert. In meiner Erinnerung hörten wir unentwegt Earth, Wind & Fire. Es wurde auch viel über Politik diskutiert, wobei sich in den kontroversen Meinungen der Cliquenmitglieder die konservativen oder linksliberalen Überzeugungen ihrer Eltern widerspiegelten. Von wenigen Ausnahmen abgesehen wurde kaum gelesen. Die zahlreichen Bücher, die ich der gut sortierten Bibliothek meiner Mutter entnommen und die ich verschlungen hatte, diskutierte ich vor allem mit meinem jüngeren Bruder, der ebenfalls viel las. Die Clique war im Übrigen auch der Ort, an dem mein Modebewusstsein geschärft wurde – man trug V-Ausschnitt-Pullover, möglichst aus Kaschmir, in Kombination mit unerschwinglichen La-Scarpa-Wildlederstiefeln. Ich setzte alles daran, mir diese teure Uniform ebenfalls zuzulegen, da sie mir ein Gefühl von Sicherheit in Aussicht stellte und damit verbunden ein selbstbewussteres Auftreten. Zum Glück erklärte sich mein Vater in diesen Jahren (und auch später noch) bereit, mir die begehrten teuren Fashion-Items zu kaufen.

Er zahlte auf diese Weise seine emotionalen Schulden bei mir ab. Zwar hatte er in seinem neuen Haus kein Kinderzimmer vorgesehen, so als wäre für meine Geschwister und mich in seinem Leben kein Platz. Dafür demonstrierte er uns seine Zuneigung auf anderem Wege: indem er Geld für uns ausgab und uns gelegentlich einkleidete. Wobei diese Geschenke meinen Schmerz, von ihm verstoßen worden zu sein, im Grunde nicht zu lindern vermochten.

Zurück zu meiner Jugend in der Elbvorortsclique: In diesem sozialen Rahmen sah ich mich zum ersten Mal mit der Kurzlebigkeit und Störanfälligkeit von Freundschaften konfrontiert. Meine damals „beste Freundin", ebenfalls ein Cliquenmitglied, machte eines Tages sang- und klanglos mit mir Schluss. Der Grund dafür, dass sie sich abrupt von mir abwandte, lag wohl – wie ich Jahre später über Ecken erfuhr – in ihrer Enttäuschung über mein

Verhalten während eines gemeinsamen Urlaubs in Biarritz. Ich war, entflammt von meiner Begeisterung für die französische Flirtkultur, unentwegt ausgegangen, statt mich um meine Freundin zu kümmern, die mit einer Magen-Darm-Grippe im Bett lag. Ihre nachvollziehbare Wut und Enttäuschung über mein Verhalten hat sie mir leider nie persönlich mitgeteilt. Der Mut zum Beziehungsgespräch fehlte uns ebenso wie eine Sprache dafür. Irritationen und Verletzungen nahmen wir nur diffus wahr – sie wurden abgespalten und drangen nicht wirklich in unser Bewusstsein vor. Eine Aussprache über das Vorgefallene wäre undenkbar gewesen. Stattdessen tat sich meine Freundin sogleich mit einem sehr viel beliebteren Mädchen aus der Clique zusammen, wie ich schmerzhaft realisierte. Ich sehe es noch vor mir, wie sie zu zweit auf ihren schicken Vespas davonrauschen, während ich alleine mit meinem Fahrrad zurückbleibe. Andere Cliquenmitglieder gaben mir später zu verstehen, dass ich mich in dem besagten Urlaub eines groben Fehlverhaltens schuldig gemacht hatte, weshalb sich die Freundin berechtigterweise von mir abgewendet habe. Ich bekam dies alles nur am Rande mit, weil niemand offen mit mir darüber sprach. Aus dem veränderten Verhalten mir gegenüber und aus diffusen Andeutungen konnte ich jedoch ableiten, dass meine Freundin mit mir gebrochen und sich umorientiert hatte. Ich verlor sie wort- und konfliktlos an eine andere, was mich verstörte, ohne dass ich mir diese Gefühle hätte eingestehen, geschweige denn, dass ich sie hätte verbalisieren können. Dass ich seither nie wieder die eine „beste Freundin" hatte, hängt womöglich mit diesem frühen Verlusterlebnis in der Teenagerzeit zusammen.

Inzwischen verfüge ich über ein Netz aus mehreren Freundinnen, weshalb der potenzielle Verlust der einen durch die andere theoretisch aufgefangen werden kann. Wechselseitig ersetzbar sind meine Freundinnen jedoch nicht. Sie sind singuläre, also nicht austauschbare Wesen. Sobald Streitigkeiten oder Unstimmigkeiten auftreten, kämpfe ich für den Erhalt der Freundschaft, meist durch Gespräche, von denen ich mir Klärung erhoffe. Und falls der Konflikt doch tiefere Verletzungen und Verwerfungen nach sich zieht, bin ich mitunter so verzweifelt wie bei Liebeskummer. Nur: Da ich mich nicht exklusiv an die eine „beste Freundin“ gebunden habe, stehe ich, falls eine Trennung doch unvermeidlich wird, nach diesem Verlust nicht mehr so alleine da wie zu Teenagerzeiten. Inzwischen konnte ich andere Formen freundschaftlicher Beziehungen herstellen, und es gibt mehrere Personen, an die ich mich in einer solchen Situation wenden kann. In Form von endlosen Meetings und Gesprächssessions helfen sie mir dabei, die Gründe für das Auseinanderbrechen der Freundschaft zu beleuchten und sorgfältig zu analysieren.

30.7.2020

Dass es mich in den späten 1980ern nach Köln verschlug, hatte ebenfalls mit den Hoffnungen zu tun, die ich mit der dortigen Kunstszene und den dort potenziell zu schließenden Freundschaften verknüpfte. Mehr noch als die Elbvorortsclique setzte sich die Kölner Kunstwelt nach dem Muster einer exklusiven *Wahlfamilie* zusammen, mit zumeist männlichen Familienoberhäuptern, mit hoch geachteten und weniger geschätzten Familienmitgliedern sowie mit den eher entfernten und an den Rand gedrängten „armen“ Verwandten. Auch hier ging es gleichermaßen vertraut familiär wie erbarmungslos hierarchisch zu. Wollte man zum Beispiel als Frau in diesem männerdominierten Milieu Anerkennung bekommen, musste man zuvor ein gewisses Maß an Erniedrigungen und Beleidigungen über sich ergehen lassen. Nach meiner Erinnerung gab es nur selten männliche Kollegen, die mich in meinen Vorhaben ermutigt oder gestützt hätten. In der Regel versuchten sie eher, mich in einer heute zu Recht als *mansplaining* verpönten Weise zu belehren. Oder aber sie gaben mir auf subtile Weise zu verstehen, dass meine Arbeit nicht wirklich zählte – etwa, indem sie meine publizierten Texte mit keinem Wort erwähnten.

Der zähe Kampf um Anerkennung war mir jedoch vertraut, da ich zuvor jahrelang versucht hatte, meinem misogynen Vater mehr Respekt für meine Person (und meine Arbeitsvorhaben) abzutrotzen. Von ihm, der

Frauen grundsätzlich nicht ernst nahm, wollte ich als junge Frau um jeden Preis gesehen und ernst genommen werden. Wohl deshalb fühlte ich mich in der Kölner Kunstwelt gleich wie zu Hause. In die Schlacht um Sichtbarkeit und Gehört-Werden zog ich hier sogar lustvoll ein, denn das Kämpferische war mir längst zur zweiten Natur geworden. Business as usual. Dass von den Mitgliedern einer solchen „Wahlfamilie" nicht immer das Wohlwollen und die Unterstützung zu erwarten sind, die ich von meinen Eltern in guten Momenten dann doch erfahren habe, realisierte ich erst nach und nach. Im Rückblick würde ich sagen, dass die Kölner Kunstbetriebs-„Familie" meine Herkunftsfamilie in puncto Dysfunktionalität bei Weitem übertraf. Spaltungen, Verrat und Intrigen waren hier an der Tagesordnung. Darin wiederholten sich in diesem Freundschaftsnetzwerk die Muster der traditionellen avantgardistischen Kunstszenen.

Was die Freundschaften anbelangt, die ich damals mit einigen Kölner Künstler*innen, Autor*innen und Galerist*innen einging, gehörten diese wohl eher dem Typus der *instrumentellen Freundschaft* an, der im Feld der Kunst traditionell vorherrschend ist. Man schätzt seine Freund*innen hier weniger für das, was sie sind oder zu sein vorgeben, sondern für das, was man sich von ihnen in beruflicher Hinsicht verspricht. Im Kunstbetrieb dominiert – vergleichbar mit anderen kreativen Milieus – der schon von Aristoteles als *Nutzenfreundschaft* bezeichnete Freundschaftstyp: Freundschaften mit stark instrumentellem Zug also, die Aristoteles zufolge nicht mit „wahrer" Freundschaft verwechselt werden dürfen. Denn bei Letzterer würde der andere um seiner selbst willen geschätzt. So treffend seine Beschreibung der auf „Nutzen" zielenden Freundschaft auch sein mag, übersieht sie doch etwas Wesentliches, nämlich dass die Übergänge zwischen der „echten", uneigennützigen Freundschaft und der „Nutzenfreundschaft" zumeist fließend sind, jedenfalls meiner Erfahrung nach. Man kann jemanden um seiner selbst willen schätzen und zugleich etwas von ihm wollen. Mehr noch: Neben Nutzenerwägungen können es tiefe Gefühle der Zuneigung sein, die einen an Freund*innen binden. Rationales Kalkül und irrationale Anziehung sind in Freundschaften eng miteinander verflochten. Man müsste die „Nutzenfreundschaft“ deshalb anders als Aristoteles als einen Ort charakterisieren, an dem Berechnung und tiefe Sympathie für den anderen ineinandergreifen.

Während Aristoteles kein gutes Haar an der „Nutzenfreundschaft“ lässt, würde ich diesen Freundschaftstyp, der in meinem Verständnis durchaus mit „wahren Gefühlen“ einhergehen kann, deshalb nicht verdammen. Auch im Hinblick auf seine aktuelle Verbreitung möchte ich ihn vielmehr genauer untersuchen und besser verstehen. Dies umso mehr, als ich selbst solche von Sympathien für den anderen durchzogenen „Nutzenfreundschaften“ in meinen Kölner Jahren zuhauf gepflegt, mehr noch: es geradezu auf sie angelegt habe. Erst im Nachhinein realisierte ich, dass ich damals wie von Geisterhand gesteuert in erster Linie die Freundschaft jener Personen suchte, von denen anzunehmen war, dass sie mich und meine Arbeit weiterbringen würden. Zwar habe ich mich auch (wahlweise) aufgrund ihres gewinnenden Wesens, ihres Witzes, ihrer Liebenswürdigkeit und ihrer Intelligenz zu ihnen hingezogen gefühlt. Nur war – so sehe ich es heute – die Position, die diese Personen innerhalb des künstlerischen Feldes einnahmen, mindestens ebenso entscheidend für mein Interesse an ihnen. Wobei sie ihre Position natürlich zumeist aus gutem Grund erlangt hatten: weil sie etwas Besonders zu bieten oder zu sagen hatten.

Bevor mich die Leser*innen dieser Zeilen nun für mein berechnendes Wesen verdammen, möchte ich mich beeilen hinzuzufügen, dass meine Kölner Freundschaften in der Regel auf einem starken Fundament ruhten, das vielleicht mit dem Begriff des „geteilten Wertehorizonts“ umschrieben werden könnte. Mit diesen Freund*innen verband mich, anders gesagt, dass wir uns als *Mitstreiter*innen* verstanden, vereint im Kampf für bestimmte inhaltliche, ästhetische oder politische Überzeugungen, die damals alles andere als mehrheitsfähig waren. Der instrumentelle Zug dieser Freundschaften ging demnach auf unseren

Glauben an deren objektive Notwendigkeit zurück. Eben weil wir die Lage ähnlich einschätzten, waren wir einander verbunden und miteinander befreundet.

Als ausgesprochen belebend und motivierend habe ich diese Freundschaften vor allem deshalb erlebt, weil ihnen gemeinsame Ziele zugrunde lagen wie etwa die Durchsetzung bestimmter geteilter Überzeugungen oder das (damit verbundene) wechselseitige Vorantreiben unserer Karrieren. Das ungeschriebene Gesetz dieser Bindungen lautete jedoch, dass das eigene Befinden bei einem Treffen oder einer Begegnung um keinen Preis thematisiert werden durfte. Schon die rituelle Anfangsfrage, wie es einem denn gehe, war verpönt. Mir kam diese Abwehr von allem Persönlichen und Emotionalen jedoch durchaus gelegen, da ich als junge Frau kaum Zugang zu meinen Gefühlen hatte. Sie im Rahmen dieser Freundschaften anzusprechen wäre mir auch deshalb abwegig erschienen, weil emotionale Bekenntnisse in den von mir frequentierten Subkulturen der 1980er Jahre (Punk, New Wave) als hippiehaft verschrien waren – Gefühle artikulierte man grundsätzlich nicht (dass damit auch eine phobische Abwehr von allem als „weiblich" Imaginierten einherging, habe ich erst später begriffen). Für mich zählte damals primär der Kampf für die gemeinsame Sache, um derentwillen ich das harte soziale Klima gerne in Kauf nahm. Da Emotionales und Zwischenmenschliches gleichsam unter Zensur standen, konnte sich die Energie allein auf inhaltliche Anliegen richten, was ganz in meinem Sinne war. Die intensiven Diskussionen mit den Kölner Freund*innen – ob über Ausstellungen oder unsere Feuilleton-Lektüren – empfand ich als enorm fruchtbar. Inspiriert und motiviert kehrte ich im Anschluss an unsere Treffen an meinen Schreibtisch zurück. Denn erst im Austausch mit den anderen reiften meine Ideen und Vorsätze, die ich nun beherzt in die Tat – genauer: in Texte umzusetzen begann. Schon Hölderlin sagt irgendwo mit dem für ihn charakteristischen Pathos, dass es keinen eigenen Gedanken geben könne, der nicht zuvor im Gespräch oder im Brief mit Freunden ausgetauscht worden sei. In ihrer Absolutheit ist Hölderlins Feststellung natürlich eine Übertreibung, zumal man seine Gedanken auch ohne Freund*innen entwickeln kann, wenn man etwa mit sich selbst Zwiesprache hält. Doch bezogen auf meine Kölner Jahre ist an Hölderlins Befund auch etwas Wahres dran: Ohne die zahlreichen Anregungen und Kommentare meiner damaligen Freund*innen wäre meine Textproduktion zu dieser Zeit sicherlich anders ausgefallen.

8.8.2020

Da zahlreiche meiner im Kölner Kunstbetrieb der 1980er und 1990er Jahre geschlossenen Freundschaften letztlich doch eher instrumentell ausgerichtet waren – und zwar ohne dass mir das zu diesem Zeitpunkt bewusst gewesen wäre –, war auch ihr Ende mehr oder weniger absehbar. Schon Aristoteles hat zur „Nutzenfreundschaft" bemerkt, dass sie leicht in die Brüche gehe, dass das Nützliche keinen Bestand habe, weil es irgendwann seinen Nutzen verliere. Wenn eine Person also aufhört, uns nützlich zu sein, gibt es laut Aristoteles keinen Grund mehr für die Aufrechterhaltung der primär auf den Nutzen ausgerichteten Freundschaft. Nur lässt sich dieser „Nutzen" eben nicht so trennscharf von emotionalen Faktoren (wie Zuneigung, Anziehung) abgrenzen. Zwar ist es mir selbst, offen gestanden, auch schon passiert, dass ich eine*n Freund*in oder Bekannte*n förmlich „hinter mir gelassen habe", weil seine*ihre Arbeit allgemein in Misskredit geraten war und auch mir plötzlich irrelevant und damit für mich nutzlos erschien. Aber zugleich hat es immer auch Freund*innen gegeben, denen ich in Zeiten des Misserfolgs und der großen Schwierigkeiten die Stange hielt – und zwar einfach nur, weil ich sie mochte. Mein nachlassendes Interesse an den anderen mag zwar in einigen Fällen durchaus sachlich begründet gewesen sein, doch letztlich machte es mir ihr allgemeiner Ansehensverlust wahrscheinlich leichter, mich nun auch meinerseits von ihnen abzuwenden. Der umgekehrte Fall, dass ich selbst, da unpopulär geworden, von einigen meiner Freund*innen fallen gelassen werde, ist mir allerdings ebenso vertraut: So sind beispielsweise ein paar meiner

Freund*innen, darunter auch Künstler*innen, zu mir auf Distanz gegangen, als ich vor einigen Jahren mit einem Text ins Kreuzfeuer der Kritik geriet und ihrer Unterstützung besonders bedurft hätte. Im Rückgriff auf die literarische Form des „Dialogs mit einer Freundin" hatte ich versucht, gesellschaftskritische Überlegungen mit Emotionalem zu verknüpfen. An den unterkühlten oder schlicht ausbleibenden Reaktionen einiger Freund*innen auf diesen Text konnte ich ablesen, dass etwas nicht stimmte: Dass er misslungen war, darüber schien weitgehend Einigkeit zu bestehen. Mit ihren Einwänden gegen mein Textexperiment mögen sie zwar durchaus richtig gelegen haben. Nur ließen sie mich eben auch subtil spüren, dass sich der Wind gegen mich gedreht hatte. In Form von beiläufigen, abwertenden Bemerkungen teilten sie mir indirekt mit, dass ich versagt und mich aus dem Feld der ernstzunehmenden Kritiker*innen herauskatapultiert hatte.

Ein besonderes Spannungsfeld stellt dabei mein Verhältnis zu Künstler*innen dar. Freundschaften zwischen Kritiker*innen und Künstler*innen sind in der Regel nicht nur von wechselseitiger Zuneigung und Unterstützung, sondern auch von Macht- und Abhängigkeitsverhältnissen geprägt. Mit Künstler*innen befreundet zu sein ist für eine Kunstkritikerin (wie mich) zunächst einmal von Vorteil, weil sie dadurch über eine größere Nähe zum „Machen" verfügt. Ihr wird ein exklusiver Einblick in die künstlerische Produktion gewährt, von dem ihr kunstkritischer Ansatz profitieren kann. Als Kunstkritikerin Freundschaften mit Künstler*innen zu führen bedeutet aber auch, dass sich Person und Produkt in der Wahrnehmung unauflösbar vermischen. Überzeugt einen ein bestimmter Künstler als Person, ist die Wahrscheinlichkeit groß, dass man auch sein Werk gutheißt. Einwände gegen seine Praxis sind in einer solchen Situation hingegen unwahrscheinlich, da sie die Freundschaft und auch das Bild der Person gefährden würden. Zwar habe ich immer gefordert, dass man als Kritiker*in auch (produktive) Einwände gegen die Arbeiten befreundeter Künstler*innen erheben können, sie kontrovers zu diskutieren in der Lage sein müsse. In der Praxis lässt sich dieses

Ziel aber schwer verwirklichen, denn im Anschluss an einen solchen „kritischen" Text gibt es mit Sicherheit Ärger, den man sich tunlichst ersparen will. Noch jede*r Kritiker*in, den*die ich kenne, schreckt verständlicherweise vor Kritik am Werk befreundeter Künstler*innen zurück.

Für die Arbeiten einiger meiner Künstlerfreund*innen habe ich mich schon zu Beginn ihrer Karrieren eingesetzt, wofür ich häufig von ihnen mit Aufträgen für Katalogtexte oder Vorträgen belohnt wurde. In manchen Fällen war der weitere Verlauf dieser Freundschaften durch eine Art psychodynamisches Gesetz geprägt: Kam es zur institutionellen Durchsetzung der Künstler*innen, wozu meine Texte durchaus (zumindest ein wenig) beigetragen hatten, wurde dies nur in seltenen Fällen honoriert. Es scheint mir bezeichnend zu sein, dass ihr Interesse an mir in dem Moment spürbar nachließ, in dem ihnen die lang ersehnte institutionelle Anerkennung und der damit verbundene Markterfolg zuteil wurden. Womöglich erinnerte ich sie zu sehr an jene Phase ihres Lebens, in der es noch nicht so gut lief und sie stärker auf mich angewiesen waren. Mit meiner Person war womöglich eine Abhängigkeit assoziiert, die es nun abzulegen galt. Und umgekehrt suchte auch ich mich wahrscheinlich von der starken Orientierung an ihrer Praxis zu befreien. Während ein paar dieser Künstler*innen nun erfolgsbedingt in höhere ökonomische Sphären aufstiegen, blieben Personen wie ich, die ihrem Erfolg ursprünglich den Weg mitbereitet hatten, auf einer niederen Stufe der Hierarchie des künstlerischen Feldes zurück. Finanziell haben Kritiker*innen hier ohnehin die Rolle der „armen Verwandten" inne. Denn gemessen am Einkommen der markterfolgreichen Künstler*innen, über deren Arbeiten sie gelegentlich schreiben, sind ihre Honorare extrem niedrig. Zwar können sie theoretisch auch weiterhin Einfluss nehmen auf den Werdegang der betreffenden Künstler*innen. Dass sich ein*e Kritiker*in jedoch öffentlich von dem*der zuvor unterstützten Künstlerfreund*in distanziert, passiert nur in seltenen Fällen. Denn mit dieser Distanzierung läuft er*sie Gefahr, sein*ihr früheres

Engagement zu entwerten und sich unglaubwürdig zu machen, was nicht in seinem*ihrem Interesse sein kann. Wobei: Es gibt natürlich auch Künstler*innen, die ihren frühen Kritiker*innen und Unterstützer*innen ein Leben lang die Treue halten. Auch das kann man in Ausnahmefällen – allerdings vornehmlich im kommerziellen Kunstgeschehen – beobachten: dass markterfolgreiche Künstler*innen „ihren" Kritiker*innen als Gegenleistung für deren Arbeit zum Beispiel eines ihrer Werke schenken, wodurch sie sie am potenziellen Spekulationsgewinn beteiligen. Sollte der Marktwert des Werkes innerhalb der Auktionssphäre steigen, wird es der*die Kritiker*in eines Tages verkaufen können, um sich mit dem Erlös vielleicht eine Eigentumswohnung zu finanzieren. Auf solche Szenarien, die von einer Art ausgleichender Gerechtigkeit zeugen, trifft man in der Geschichte des Kunstmarkts immer wieder.

10.8.2020

Zur „Kultur der Freundschaft" der Kölner Kunstwelt in den 1980er und 1990er Jahren sei noch angemerkt, dass es natürlich einen Unterschied machte, ob man sich als Frau oder als Mann identifiziert in ihr bewegte, mehr noch, ob man homosexuell, lesbisch oder heterosexuell markiert war. Die Freundschaftserfahrungen, die ich hier aus der Erinnerung zusammentrage, sind die einer heterosexuellen jungen Cis-Frau, die glaubte, eine „inhaltliche Mission" zu haben, mit der sie sich in diesem Feld behaupten wollte. Dass der Weg zu Aufmerksamkeit und sozialer Anerkennung geradewegs über Freundschaften führte, muss ich damals intuitiv verstanden haben. Wobei ich es weniger bewusst und strategisch auf diese Freundschaften anlegte als dass sie sich organisch, wie von selbst zu ergeben schienen. Und wie bereits beschrieben, gingen diese Freundschaften nicht nur auf Nutzenerwägungen, sondern auch auf große Sympathie und Begeisterung füreinander zurück. Die heutige Rede vom „Network-Imperativ", demzufolge jeder Kontakt eine wertvolle Ressource darstellt, war damals noch gar nicht verbreitet. Ich wäre schlicht nicht auf die Idee gekommen, dass sich unter meinen Kölner Freund*innen später einmal als legendär geltende Künstler*innen oder wichtige Player des Kunstbetriebs befinden könnten. Wir wähnten uns eher in einer Art „Underground" und rechneten nicht unbedingt damit, dass unseren Praktiken eines Tages mit institutioneller Anerkennung oder Markterfolg belohnt werden würden. Möglicherweise war dieser Mangel an bewusstem Kalkül die Voraussetzung dafür, dass die Rechnung aufgehen konnte, dass es also klappte mit der Karriere vieler Akteur*innen dieses Milieus.

Unmittelbar nach meiner Ankunft im Köln der späten 1980er Jahre lernte ich den Künstler Andreas kennen, der sich meiner annahm und mich in die Szene einführte. Regelmäßig suchte er die einschlägigen Bars und Restaurants mit mir auf, um mir dort die maßgeblichen Personen der Kunstszene, zumeist Männer, vorzustellen. Die Kommunikation mit ihnen hatte häufig einen flirtativen Unterton – man schien mich abzuchecken und als potenzielle Affäre in Betracht zu ziehen. In Köln angekommen hatte ich allerdings auch instinktiv beschlossen, nicht mehr zu trinken – wahrscheinlich, um mich unnahbar zu machen. Während ich die Nächte kurz zuvor noch fröhlich Gin Tonic trinkend in den Pariser Nachtclubs verbracht hatte, waren mit mir nun keine Exzesse mehr zu feiern. Meine Abstinenz rückte mich auf Abstand und sorgte dafür, dass ich ein wenig außen vor blieb. Dass ich irgendwann beschlossen hatte, keinen Alkohol zu trinken, kommt rückblickend betrachtet einer Überlebensstrategie gleich. Denn als Frau hatte ich in diesem männlich dominierten Milieu einen schweren Stand, musste mir eine Position erkämpfen, die eigentlich für mich nicht vorgesehen war. Hätte ich mitgetrunken, wäre ich womöglich unter die Räder gekommen – so jedenfalls meine damalige Befürchtung: Ich wollte nicht die Kontrolle verlieren, was in meinen Augen bedeutet hätte, mich den Typen um mich herum auszuliefern. Mir warviel mehr daran gelegen, mich auch noch am nächsten Morgen erinnern (und aufschreiben) zu können, was in der Nacht zuvor passiert war. Auch mein damaliger

Boyfriend Carl, der nur selten in Köln war und zeitweilig in Paris lebte, verschaffte mir den Ruf einer gebundenen jungen Frau, die aufgrund ihrer notorischen Nüchternheit stets auf Distanz blieb. Dass mich die Kölner Kunstwelt trotzdem mit offenen Armen aufnahm und sogleich – wenn auch als „Ausnahmefrau“ – integrierte, habe ich damals als großes Glück empfunden.

Nach wenigen Wochen verfügte ich über jenen aus interessanten Künstler*innen und Theoretiker*innen bestehenden Freundeskreis, von dem ich immer geträumt hatte. Ich wusste allerdings, dass junge attraktive Frauen hier aus Prinzip willkommen waren, auch weil sich die Männer mit ihnen schmücken konnten. Mit meiner Kurzhaarfrisur orientierte ich mich damals am Look der Schauspielerin Jean Seberg und gab mein ganzes Geld für schwarze Anzüge der damals angesagten Designer Yohji Yamamoto oder COMME des GARÇONS aus. Mit Ende zwanzig sah ich – so jedenfalls mein damaliges Empfinden – immer noch wie ein Teenager mit Babyspeck aus, was ich mit nächtlichen Aufenthalten in verrauchten Bars und einer strengen Diät (abends nur Suppe) zu ändern versuchte. Doch der ersehnte androgyne Körper samt härteren Gesichtszügen und Rändern unter den Augen wollten sich partout nicht einstellen. Mein jugendliches Aussehen und meine Modebegeisterung waren Fluch und Potenzial zugleich: Vor allem die älteren Männer neigten dazu, mich nicht ernst zu nehmen. Ein Kurator machte mir sogar den Vorschlag, es doch lieber in der Modewelt zu versuchen, dort würde ich viel besser hinpassen. Zugleich wurde ich aufgrund meines Aussehens und Auftretens aber auch als eine Art „It-Girl“ angesehen, wie mir eine Freundin von damals kürzlich berichtete. Ich selbst habe mich jedoch nie als „It-Girl“ – also eine medial präsente Person mit gewissem Bekanntheitsgrad – wahrgenommen. Im Gegenteil: Ich wähnte mich eher am Rand meiner Community; empfand mich als weniger sichtbar als die anderen. Nun sind It-Girls in allen Kunstszenen zu finden; nicht zuletzt deshalb, weil ihnen eine wichtige Funktion als Projektionsfläche und Resonanzkörper zukommt. Schon aus optischen Gründen umgibt man sich gerne mit ihnen: Sie sind wie ein positive Selbstbilder erzeugender Spiegel, in dem sich die Szene vorteilhaft reflektiert. Sie verhelfen der Szene aber auch zu mehr Ausstrahlung und wirken wie ein Verstärker für die jeweiligen künstlerischen Anliegen.

Wenn diese It-Girls jedoch auch inhaltliche Ansprüche erheben oder, wie in meinem Fall, das Glaubenssystem der Kunstwelt nicht vorbehaltlos zu stützen bereit sind, kann es kompliziert werden. Mit der Zeit realisierte ich, dass es mir im Grunde verwehrt wurde, an den „schöpferischen Bewegungen" der männlichen Künstler und Theoretiker gleichberechtigt teilzunehmen, ganz so, wie es Simone de Beauvoir in *Pour une morale de l'ambiguïté* beschreibt. Indem sie mir die Rolle eines Resonanzkörpers für ihre Ideen zuwiesen, war von vornherein ausgeschlossen, dass ich mich jemals auf ihr Niveau begeben könnte. Und Beauvoir zufolge ist die Zulassung zu diesem „Niveau" die Voraussetzung für die Entstehung von „neuen Errungenschaften". Dadurch, dass mir also kein ebenbürtiger Platz eingeräumt wurde, schnitt man mich, wie Beauvoir es formuliert, von der Zukunft ab und verwandelte mich in ein „Ding" – ein Ding, dem zwar eine bestimmte Funktion (die der Kunstkritikerin) zugestanden wurde, dem aber der Status eines gleichberechtigt schöpferischen Subjekts im Grunde verwehrt blieb. Meine Position als Kunstkritikerin spielte dieser Dynamik noch zu, denn in den Augen zahlreicher Künstler*innen dienten Kritiker*innen in erster Linie dazu, ihre künstlerischen Anliegen zu vermitteln. Zwar gab es auch großes Interesse an meiner Arbeit, das sich in häufigen Anfragen für Katalogtexte und Vorträge äußerte. Zahlreiche Künstler*innen, Galerist*innen und Sammler*innen unterstützten mich darüber hinaus in meinem Vorhaben, eine eigene Zeitschrift zu gründen. Trotz ihres beträchtlichen *Supports* war mir innerhalb dieses Milieus jedoch ein Platz zugewiesen worden, der dem der männlichen Akteure als nicht wirklich ebenbürtig angesehen wurde. Während Letztere gleichsam von vornherein mit Respekt für ihre Arbeit belohnt wurden, musste ich mich immer wieder aufs Neue beweisen.

12.8.2021

Wie bereits angedeutet, waren meine freundschaftlichen Beziehungen zu den heterosexuellen Künstlern der Kölner Kunstszene nicht frei von sexuellem Begehren. Es machte mir nichts aus, wenn sie mich ihr sexuelles Verlangen spüren ließen, solange meine Grenzen gewahrt blieben. Im Gegenteil: Ich genoss es geradezu, mich „begehrt" fühlen zu können. Und umgekehrt passierte es natürlich auch mir, dass ich meine sexuellen Fantasien auf sie projizierte – einschließlich der Vision einer erfüllenden Liebes- und Arbeitsbeziehung. Vor den lautesten Machos unter ihnen, die mir potenziell gefährlich werden konnten, suchte ich mich jedoch zu schützen. Ich ging grundsätzlich keine sexuellen Verhältnisse oder Liebesbeziehungen mit solchen Künstlern ein, da ich damit rechnete, dass sie mich schlecht behandeln oder mich eines Tages für eine jüngere und gefügigere Partnerin verlassen würden. Sie zeigten ihrerseits auch kein ernsthaftes Interesse an mir – womöglich, weil ich mich für die untergeordnete Position der „Freundinan ihrer Seite" kaum eignete.

Dass sexuelles Interesse an mir in einen sexuellen Übergriff umschlug, ist eigentlich nur ein einziges Mal passiert und zwar im Anschluss an ein Interview, welches ich mit dem Künstler Bernhard geführt hatte. Er ging betrunken in unser Gespräch hinein, während ich strikt bei meiner Tasse Tee blieb. Zur Vorbereitung hatte ich all seine Kataloge studiert, mich in sein Werk vertieft. Statt ihn mit Bewunderung zu überschütten, wollte ich ein kontroverses Gespräch über seine vielfältigen künstlerischen Verfahren mit ihm führen. An den Inhalt unseres Austausches kann ich mich heute kaum mehr erinnern. Ich weiß nur noch, dass die Tonqualität der inzwischen verloren gegangenen Aufnahme sehr schlecht war, weil unsere Stimmen von den Geräuschen seines sich unablässig füllenden Weinglases übertönt wurden. Das Gespräch mit ihm war für den späten Nachmittag anberaumt gewesen, zog sich jedoch bis in den späten Abend hinein. Irgendwann bat er mich darum, ihn doch bitte ins Bett zu bringen. Er wohnte in dem Hotel, in dessen Café wir saßen. Sein Flehen wurde lauter und eindringlicher, alleine könne er partout nicht einschlafen, ich solle ihn nur begleiten, mehr wolle er nicht von mir. Zunächst lehnte ich seinen Vorschlag ab, angesichts seines Zeterns ging ich jedoch irgendwann auf ihn ein, wie eine Babysitterin, die dem weinenden Kind irgendwann entnervt den ersehnten Lolli gibt, damit es sich beruhigt. Aus heutiger #MeToo-Sicht war es natürlich hoffnungslos naiv von mir, ihm auf sein Hotelzimmer zu folgen. Ich war mir absolut sicher, dass er keine sexuellen Absichten verfolgte, dass er nur von mir beruhigt werden wollte. Gleich einem verzweifelten Kind, das alleine nicht einschlafen kann. Sobald wir sein Zimmer betreten hatten, nahm er den Zimmerschlüssel blitzschnell an sich, schloss ab und versteckte ihn irgendwo. Ich weiß nicht mehr, wie es mir anschließend gelang, ihn dazu zu bewegen, die Tür wieder aufzuschließen und mich gehen zu lassen, aber irgendwie habe ich es geschafft. In meiner verschwommenen Erinnerung habe ich trotz meiner Angst wie eine Seelsorgerin sanft auf ihn eingeredet, bis er endlich nachgab und mich gehen ließ. Präzise erinnere ich mich nur noch an den Moment, in dem er den Türschlüssel in Sekundenschnelle umdrehte und ihn verschwinden ließ. In dieser Schrecksekunde realisierte ich, dass ich in eine Falle getappt war.

Ich sprach mit niemandem über den Vorfall, ich hätte auch nicht gewusst, an wen ich mich mit dieser Geschichte hätte wenden sollen. Das Konzept der „sexuellen Belästigung“ war damals nicht gängig, stattdessen verbuchte ich das, was mir widerfahren war, unter „Berufsrisiko“: Mit männlichen Künstlern freundschaftliche Bindungen einzugehen, war für mich nicht zuletzt deshalb mit Gefahren verbunden, weil die Codes nicht ganz eindeutig waren. Hinter einer freundschaftlichen Bitte um Beistand konnten sich sexuelle Absichten verbergen, und gute Freunde konnten sich als sehnsüchtige Liebende oder Begehrende entpuppen.

18.8.2020

Es kann in diesem Zusammenhang aber auch von weitaus erfreulicheren Begebenheiten berichtet werden. Manche meiner Liebesbeziehungen haben sich nach ihrem Ende in eine innige und vertrauensvolle

Freundschaft verwandelt. Tatsächlich bin ich mit den meisten meiner Ex-Freunde auch heute noch gut befreundet. Einen von ihnen – einen Schriftsteller – würde ich sogar als meinen *best friend* bezeichnen. Er kennt mich mit meinen geheimsten Ängsten und Schwächen und er steht in unverbrüchlicher Loyalität auch dann noch zu mir, wenn er der Meinung ist, dass ich einen Fehler begehe. So ist es allerdings auch umgekehrt – ich bin immer für ihn da, helfe ihm in seinen Arbeitskrisen und bei Liebeskummer, stehe auch dann noch hinter ihm, wenn seine Beliebtheitskurve nicht mehr nur steil nach oben weist. Wir kennen uns gut, und unsere Loyalität überdauert auch Krisenzeiten. Unsere Bindung war immer durch ein starkes Freundschaftsband charakterisiert, als Liebesbeziehung hingegen war sie schwierig. Eben weil wir einmal ein Liebespaar waren, können wir womöglich voreinander die Masken ablegen – jedenfalls teilweise. Auch unsere Tränen über erlittenes Unrecht lassen wir vor dem anderen fließen. Dass wir über all die Jahre treu zueinander halten, ist allerdings auch instrumentell grundiert – denn als Kritikerin setze ich mich für seine von mir sehr geschätzten Bücher ein, während er umgekehrt meine Texte mit produktiven Anmerkungen bereichert. Und natürlich kritisieren wir uns auch gegenseitig, nehmen füreinander die Rolle des Advocatus Diaboli ein, konfrontieren uns mit den möglichen Einwänden unserer Gegner*innen, ohne diese jedoch in jeder Hinsicht zu teilen.

Doch inwiefern hängt die Intensität unserer Beziehung – und generell der zu einigen meiner Ex-Freunde – damit zusammen, dass wir einmal ein Liebespaar waren? Möglicherweise wirken sich die einmal erfahrene Intimität und körperliche Nähe auf unsere Freundschaft dahingehend aus, dass sie emotionaler, verbindlicher und schutzloser sein kann. Darüber hinaus sind es eine Art geteilte Sensibilität, ähnliche Wertvorstellungen und politische Überzeugungen, die mich mit zahlreichen meiner Ex-Freunde verbinden. Ich bin sehr froh darüber, dass diese Gemeinsamkeiten nicht mit dem Ende der Beziehung verloren gegangen sind.

In ihrem Buch *Freundschaft in finsteren Zeiten* schreibt Hannah Arendt, dass sich „wahre Freundschaft" erst im Unglück beweise. Das ist auch meine Erfahrung: In Phasen, in denen ich vom Unglück – etwa in Form von Schicksalsschlägen wie dem plötzlichen Tod meiner Eltern – heimgesucht wurde, kümmerten sich nur wenige Freund*innen um mich, die sich dann allerdings als „wahre Freund*innen" entpuppten. Dass sich die Freundschaften, bei denen der Nutzen im Vordergrund steht, als wenig belastbar erweisen, liegt in der Natur der Sache. Durch Trennungs- oder Todeserfahrungen geschwächt hat man in den Augen seiner reinen Nutzenfreund*innen schlicht weniger zu bieten. Schon nach kleineren beruflichen Misserfolgen kann es vorkommen, dass sich die Reihen um einen herum ein wenig lichten. Zuletzt habe ich das im Anschluss an einen umstrittenen Vortrag von mir erlebt: Schon während des anschließenden Abendessens schienen einige meiner Freund*innen und Kolleg*innen spürbar auf Distanz zu mir zu gehen. Ohnehin unter Beschuss stehend, hätte ich ihrer Unterstützung bedurft, die jedoch ausblieb. Mir kam es jedenfalls so vor, als hätten sie längst eingestimmt in den Chor meiner schärfsten Kritiker*innen – hinter vorgehaltener Hand natürlich. Denn statt mir ihre sicherlich berechtigten Einwände gegen meinen Vortrag mitzuteilen, schienen sie sich die Perspektive derer zu eigen zu machen, die entschlossen die Gelegenheit zu meiner Diskreditierung nutzten. Ich vermute, dass Letzteren am Verlust meiner wissenschaftlichen Reputation unterschwellig ein wenig gelegen war. Das mag paranoid anmuten, aber ich habe bei einigen meiner schärfsten Kritiker*innen respektive Gegner*innen oft den kaum unterdrückten Wunsch gespürt, ich möge endlich Ruhe geben.

Festzuhalten bleibt, dass solche von Nutzenerwägungen überformten Freundschaften „finstere Zeiten" wie zum Beispiel Krisensituationen nur selten überstehen. Wer sich in erster Linie aufgrund von Nützlichkeitserwägungen freundschaftlich verbunden fühlt, wird sich mit an Sicherheit grenzender Wahrscheinlichkeit in dem Moment abwenden, in dem sich aus dem Kontakt kein Nutzen mehr ziehen lässt. Auf subtile, oft nur latent spürbare Weise haben mir einige meiner Freund*innen in Situationen des Ansehensverlusts zu verstehen gegeben, dass ich zu einer *Persona non grata* geworden sei, die die Zone des Relevanten verlassen hat – als sei ich aus dem Rennen gefallen. Dass sie sich vom Kontakt zu mir unter diesen Bedingungen weniger versprachen, zeigten mir ihre seltener werdenden Anrufe und die ausbleibenden Verabredungen. Für ein persönliches Treffen hatten sie plötzlich keine Zeit mehr. Wobei: Vielleicht mieden sie mich auch deshalb, weil ich ihnen unsympathisch geworden war. Ob ihr abnehmendes Interesse an mir einem Sympathie- oder einem Ansehensverlust geschuldet war, ist schwer auseinanderzudividieren. Wahrscheinlich war es eine Mischung aus beidem. In demselben Maße, wie ihr Wohlwollen für mich abnahm, sahen sie auch meine Arbeit kritischer. Es kam mir aber auch so vor, als würden in ihren gleichgültiger und respektloser werdenden Kommentaren zu meiner Arbeit die Stimmen jener nachhallen, die schon lange zuvor beschlossen hatten, meine Position eher problematisch zu finden. Dass Letztere einen Bedeutungsverlust erfahren hatte, signalisierten sie mir auch dadurch, dass sie meine Vorträge, Texte oder Bücher tendenziell übergingen – ihr Vorhandensein wurde schlicht kaum mehr zur Kenntnis genommen. So als sollte meine kulturelle Produktion totgeschwiegen werden. Ich erinnere mich in diesem Zusammenhang an zahlreiche Treffen mit Peter, einem meiner ältesten Kunstbetriebsfreunde, bei denen ich vergeblich darauf wartete, dass er endlich einen Kommentar zu dem von mir Publizierten abgeben würde. Peter ist ein Künstler, der sich – durchaus anders als andere – für jede neue Entwicklung um ihn herum interessiert. Das schätze ich sehr an ihm – den Eifer, mit dem er sich jede Ausstellung ansieht und auch neuere Publikationen zur Kenntnis nimmt. Er scheint fest entschlossen, die Welt in sich aufzunehmen, so viel wie möglich zu verfolgen. Tauchen neue, vielversprechende Leute in der Kunstwelt auf, was relativ oft geschieht, setzt er alles dran, mit ihnen in Kontakt zu treten. Wenn aber ausgerechnet Peter mit seiner ausgeprägten Rezeptionsbereitschaft kein Wort über meinen Text verliert, dann spricht das Bände. Er hält ihn entweder für nicht der Rede wert oder er empfindet ihn als derart fragwürdig, dass er gar nicht erst darüber sprechen möchte. Bei den Treffen mit ihm, während deren er häufig zu meiner Arbeit schweigt, schwöre ich mir jedes Mal, keine Reaktion zu erzwingen, ihn also um keinen Preis nach seiner Meinung zu meinen Texten zu befragen. Wenn er dann auch seinerseits gar nicht darauf zu sprechen kommt, sitze ich oft wie erstarrt da und frage mich anschließend, ob ich überhaupt von der Existenz einer potenziell interessierten Leserschaft ausgehen kann, wenn schon einer meiner engsten Freunde kein Interesse mehr an meinen Texten zu haben scheint.

Zugegeben, die Vorstellung, nur von Desinteresse umgeben zu sein, kommt einer hoffnungslos selbstmitleidigen und paranoiden Sichtweise gleich. In Wahrheit gibt es natürlich Menschen in meinem engeren Umfeld, die meine Arbeit interessiert verfolgen, sie unterstützen und gegebenenfalls gutheißen. Und dieses Freundschaftsbuch schreibe ich in der Hoffnung, dass es nicht nur von meinen Freund*innen, sondern auch von mir unbekannten Leser*innen wahrgenommen wird, die ihre Freundschaftserlebnisse womöglich darin gespiegelt sehen. Wäre ich der pessimistischen Auffassung, dass meine Überlegungen zur Freundschaft ohnehin nur auf taube Ohren stoßen werden, würde ich dieses Buch kaum schreiben. Es ist auch nicht so, dass es in meinem Freundeskreis niemanden gäbe, dem ich dieses Manuskript zur ersten kritischen Lektüre anvertrauen könnte. Im Gegenteil gibt es einige (wenige) enge Freund*innen von mir, die ich um ihre Meinung zu diesem Projekt bitte. Ich publiziere nichts, das nicht von ihnen gegengelesen wurde. Denn sie haben meinen Selbstschutz im Blick.

20.8.2020

Nur: Wenn ich dieses Buch einigen Freund*innen zur Lektüre anvertraue, bringe ich sie dadurch in große Verlegenheit. Denn erstens ziehe ich sie auf diese Weise in die Logik der „Nutzenfreundschaft“ hinein: Sie tun etwas für mich, und ich profitiere enorm von ihrem Lektorat. Zweitens besteht die Gefahr, dass sie dieses Buch als Reflexion auf unser Freundschaftsverhältnis lesen – als eine Darstellung, die womöglich kränkend für sie ist. Und nicht zuletzt könnten sie sich drittens von mir in einem hierarchischen Freundschaftsgefüge platziert fühlen und zwar ohne jedes Mitspracherecht. Es scheint mir vor diesem Hintergrund ratsam und geboten, das Buch nur in Ausnahmefällen aus der Hand zu geben – mit entsprechenden Warnschildern versehen. Ich überlege zudem, es vielleicht erst posthum, also nach meinem Tod, zu veröffentlichen, was mir eine Menge Ärger ersparen würde.

Es liegt auch an den aktuellen Bedingungen der Pandemie, dass ich an diesem Buch arbeitend in einen resonanzfreien Raum hineinzuschreiben meine. Ich lebe zur Zeit sehr zurückgezogen. Da äußere Impulse – etwa gemeinsame Abendessen oder Vorträge und Konferenzen – wegfallen, muss ich die Motivation für dieses Buch allein aus mir selbst heraus generieren, was ich als ungemein anstrengend empfinde. Ich bräuchte auf jeden Fall eine mir freundlich gesonnene Agentin, die mich mit Deadlines drangsaliert, mich antreibt und auf die Fertigstellung des Buches dringt. Eine derartige Instanz ist allerdings im Moment nicht in Sicht. Und doch mache ich lustvoll (und zuweilen ein wenig verbissen) weiter und gehe einfach davon aus, dass die hier festgehaltenen Überlegungen zur Freundschaft schon irgendjemanden interessieren werden.

21.8.2020

Es ist an der Zeit, ein differenzierteres Bild meiner Freundschaften zu zeichnen. Denn „im Unglück", wie Arendt es nennt – etwa anlässlich der bereits erwähnten plötzlichen Tode meiner Eltern –, habe ich große Zuwendung und Anteilnahme von einigen meiner Freund*innen erfahren. Vor allem in der ersten Zeit des lähmenden Schocks haben sich häufig gerade jene als besonders mitfühlend gezeigt, von denen ich dies gar nicht unbedingt erwartet hätte. Andere hingegen, die mit meinem desolaten Zustand und mit Todeserfahrungen generell nicht umzugehen wussten, zogen sich ein wenig zurück. Das Unglück bewirkte, dass sich meine Freundschaften noch einmal neu sortierten. Und nachdem ich, schwach und bedürftiger geworden, „wahre Freundschaft“ erfahren habe, sehe ich die eher instrumentell ausgerichteten Freundschaften meines Lebens in neuem Licht. Dass meine Erwartungen an die Freundschaft inzwischen andere sind, hängt aber nicht nur mit den Krisen und Verlusten der letzten Jahre, sondern auch mit meinem fortgeschrittenen Alter zusammen. Während geteilte politische und ästhetische Ideale und das gemeinsame Vorantreiben unserer Karrieren die Triebfeder einiger meiner früheren Freundschaften darstellten, kommt es mir heute, älter geworden, verstärkt auf fürsorgliche Qualitäten an. Unter dem Gesichtspunkt der Fürsorge betrachtet, schrumpft die Zahl meiner „wahren Freund*innen“ allerdings beträchtlich. Es gibt nur wenige Freund*innen, die mir Fürsorge entgegenbringen. Dafür füllt sich der andere Ordner – der mit den vormals privaten Kontakten, die inzwischen zu professionellen geworden sind und die zwar durch freundschaftliche Umgangsformen gekennzeichnet sind, die aber eben keine Freundschaften im emphatischen Sinne darstellen. Noch vor wenigen Jahren ging ich davon aus, über eine große Anzahl an Freund*innen zu verfügen. Inzwischen weiß ich, dass ich meine „wahren Freund*innen“ an einer Hand abzählen kann. Alle anderen sind im Grunde Kooperationspartner*innen. Das mag überzogen klingen, ist aber als nüchterner Befund durchaus zutreffend. Für eine solche Diagnose spricht auch die Aussage einer alten Bekannten, einer Künstlerin, die – nebenbei bemerkt – mit ihren Bildern derzeit viel Geld verdient. Als ich ihr kürzlich von meinem Freundschaftsprojekt erzählte, überraschte sie mich mit der Feststellung, dass sie eigentlich gar keine Freund*innen habe. Es gebe schlicht niemanden, an den sie sich wenden oder dem sie sich anvertrauen könne, wenn es ihr schlecht gehe. Sie sei im Grunde nur von Bekannten, Mitstreiter*innen und Weggefährt*innen umgeben: ein Set von Leuten, das sich zudem alle zehn Jahre vollständig erneuere. Im Kunstbetrieb haben Freundes- und Bekanntenkreise ihr zufolge nur eine begrenzte Lebensdauer – je nach sozialem Status, Karrierestand und individuellen Vorlieben würden sich hier die Freundschaften der Akteur*innen in regelmäßigen Abständen verändern.

Einen Klagegesang über verlorene Freundschaftsillusionen möchte ich indes nicht anstimmen. Denn ich bin im Grunde froh über die Klärung, auf wen ich wirklich zählen kann. Bei diesen wenigen „wahren" Freund*innen steht kaum zu befürchten, dass sie mich bei der erstbesten Gelegenheit fallen lassen oder gar verraten werden. Man muss sich das klarmachen: Verrat an Freund*innen ist in einer von Konkurrenzdruck geprägten Wettbewerbssituation gar nichts so Ungewöhnliches. Im Gegenteil, man wird hier geradezu dazu ermuntert, die Position der Freundin-Konkurrentin zu schwächen und angreifbar zu machen, etwa, indem man schlecht über sie redet. Nur bei wenigen bin ich mir ganz sicher, dass dies nicht passieren wird.

22.8.2020

Dafür, dass uneigennützige „wahre" Freundschaften derzeit einen schweren Stand haben, gibt es somit auch gesellschaftliche Gründe, die in meine persönlichen Freundschaftsdramen durchaus hineinreichen. In einer neoliberalen Ökonomie wird ja das Loblied der „Eigenverantwortung" gesungen, den Menschen wird also unentwegt zu verstehen gegeben, dass sie für ihr Scheitern selbst verantwortlich seien. Das ist der Freundschaft nicht gerade zuträglich, zumal das Mantra der Eigenverantwortung auch vor „kritischen Geistern" nicht haltzumachen scheint. Auch Intellektuellen kann es passieren (da nehme ich mich selbst nicht aus), dass sie die Krisen und Abstürze ihrer Freund*innen am Ende doch für ein wenig „selbstverschuldet" oder „hausgemacht" halten, obwohl sie vor allem gesellschaftlich verursacht sind. Denn im „Scheitern" bedingen sich individuelle Handlungen und gesellschaftliche Strukturen wechselseitig. Es greifen verschiedene Aspekte ineinander – der „eigene Anteil" ist schwer zu bestimmen. Erschwerend kommt hinzu, dass es keine objektiven Kriterien fürs Scheitern gibt. Situationen, die einige als „Scheitern" erleben, können aus der Sicht anderer durchaus erstrebenswert sein. Und neben den Anhänger*innen der „Erfolgsreligion“ im Kunstbetrieb gibt es andere, die sich Karrierezwängen bewusst verweigern, um Inhalten oder politischem Engagement den Vorzug zu geben. Dennoch kommt zumeist irgendwann der Punkt – in der Regel zwischen dem fünfzigsten und dem sechzigsten Geburtstag –, da auch langjährige Erfolgsverweigerer alle Hebel in Bewegung setzen, um mehr Geld zu verdienen und nicht in die Altersarmut abzurutschen. Im Grunde scheinen die meisten meiner Bekannten und Freund*innen aus dem Kunstbetrieb ein „schönes Leben“ anzustreben – mit guten Wohnbedingungen und regelmäßigem Urlaub. Nur ist die Verwirklichung eines solchen Lebens immer kostspieliger geworden. In den Gesprächen zwischen mir und meinen engeren Kunstbetriebsfreund*innen ist entsprechend die Klage über hohe Lebenskosten, schlechte Bezahlung, Selbstausbeutung und mangelnde institutionelle Anerkennung gang und gäbe. Einige neigen dazu, ihr Leben nur noch als Negativbilanz zu betrachten. Sie machen alle Welt für ihre Situation verantwortlich, außer sich selbst. So sehr ich auch theoretisch über die strukturelle Dimension ihrer (und meiner) Fehlschläge informiert bin, ertappe ich mich dann manchmal bei dem Gedanken, dass sie zu ihrer Misere vielleicht auch selbst ein wenig beigetragen haben. Und je mehr Raum ich diesem Gedanken gebe, desto geringer fällt meine Bereitschaft aus, die ins Straucheln oder in Schwierigkeiten geratenen Freund*innen aufzufangen, sie nicht nur emotional, sondern etwa auch finanziell zu unterstützen.

Dass uns der gesellschaftliche Verantwortungsdiskurs „vereinzelt“ und dass dies – mehr noch – dem Ideal der Freundschaft zuwiderläuft, hat zuletzt der Philosoph Arne Johan Vetlesen festgestellt. Wenn jede*r für seine*ihre Situation selbst verantwortlich gemacht wird, dann isoliert uns das voneinander. Damit Freundschaften entstehen können, muss diese Isolation jedoch überwunden werden – deshalb erschwert der isolierende Verantwortungsdiskurs die Freundschaft schon auf der Ebene ihrer Entstehung. Wir lassen uns kaum noch auf den anderen ein, weil wir von der Gesellschaft auf uns selbst zurückgeworfen werden. Entscheidend ist an diesem Punkt jedoch, ob wir diesem Druck zur Vereinzelung nachgeben oder ob wir uns ihm entgegenzustellen versuchen, etwa, indem wir uns doch mit anderen zusammentun. Die Macht der isolierenden Kräfte darf dabei jedoch nicht unterschätzt werden – vielleicht sind diese Kräfte zu stark und durchgreifend, als dass man sich ihnen als Individuum einfach widersetzen könnte.

23.8.2020

Ein zusätzliches Problem ist der Zeitmangel, der aus der ständigen Verpflichtung zum eigenverantwortlichen Selbstmanagement resultiert. Der Mangel an Zeit für die anderen ist ein weiterer Stein, der der Freundschaft in den Weg gelegt wird. Isoliert voneinander sind wir mit der Administration unseres Lebens befasst, in dem kaum Raum für die Freundschaft bleibt. Dass die für Freundschaften so zentrale Ressource Zeit knapp geworden ist, zeigt sich etwa darin, dass ich die Treffen mit meinen Freund*innen stets von langer Hand, oft Wochen im Voraus, planen muss. Wir suchen gemeinsam in den Kalendern nach einer sich auftuenden Lücke. Spontane Anrufe sind aufgrund der Annahme, dass die andere zu beschäftigt sei, auch eher selten geworden; wenn überhaupt, dann werden Telefontermine langfristig angesetzt. Sich intensiv um seine Freundschaften zu kümmern, fällt in einer Situation permanenter beruflicher Überlastung nicht leicht: Man hat einfach keine Kapazitäten mehr frei. Dabei brauchen wir unsere Freundschaften dringender denn je, auch angesichts erodierender Sozialformen wie Familie oder Verwandtschaft, die uns früher aufgefangen und getragen haben. Der Soziologe Janosch Schobin begreift die Freundschaft unter diesen Bedingungen als eine „fürsorgliche Sozialform", die auch im Zuge des Kollapses des Sozialstaats auf dem Vormarsch sei. Heute seien es Freundschaften, die das Bedürfnis nach sozialer Unterstützung befriedigen würden. Die Freundschaft übernimmt also jene Care-Funktionen, die früher dem Sozialstaat vorbehalten waren. So gesehen wäre das Ideal der fürsorglichen Freundschaft auch ganz im Sinne eines kapitalistischen Systems, das sozialstaatliche Funktionen abbaut und ins Private verlagert.

In demselben Maße, wie also derzeit große Hoffnungen an Freundschaften geknüpft werden, sehen diese sich auch vor neue gesellschaftliche Herausforderungen gestellt. Bei mir ist es so, dass ich mir einerseits keine Illusionen über die Möglichkeit gänzlich uneigennütziger Freundschaften mache, um andererseits genau das – uneigennützige Freundschaften – anzustreben: Es gibt Freund*innen, denen ich viel gebe, ohne darüber Buch zu führen, ob ich von ihnen auch genug zurückbekommen habe.

Ich frage mich allerdings auch, ob es „wahre" Freundschaften im aristotelischen Sinne, in denen der andere „um seiner selbst willen" geschätzt wird, unter Kunstbetriebsfreund*innen überhaupt geben kann. Schon die Betrachtung der mythischen Künstlerfreundschaften des 20. Jahrhunderts, etwa jener zwischen Van Gogh und Gauguin, offenbart, dass sie in erster Linie instrumentell ausgerichtet waren. Es ging den Beteiligten vor allem darum, künstlerisch voneinander zu profitieren. Künstler*innen sind, so meine Vermutung, auch heute noch häufig zumeist deshalb miteinander befreundet, weil sie in künstlerischer Hinsicht etwas voneinander wollen. Das hat strukturelle Hintergründe, über die ich bei nächster Gelegenheit genauer nachdenken werde.

24.8.2020

Neben der Künstlerfreundschaft als Paradebeispiel der Freundschaft mit instrumentellem Zug könnte man für das gesamte Kunstbusiness zeigen, dass es im Modus der Freundschaft abgewickelt wird. Die hier miteinander im Austausch stehenden Sammler*innen, Kurator*innen, Künstler*innen, Kritiker*innen und so weiter beziehen sich häufig als Freund*innen respektive als *friends* aufeinander oder geben vor, miteinander befreundet zu sein. Das hat zunächst einmal viele Vorteile, wie ich aus eigener Erfahrung weiß: Die Wege sind kürzer, wenn ich diejenigen, von denen ich etwas will, persönlich kenne.

Ich kann leichter zu ihnen vordringen und werde nicht gleich im Vorzimmer abgewimmelt. Oft habe ich die persönlichen Telefonnummern der betreffenden Akteur*innen aufgrund einer früheren (freundschaftlich grundierten) Arbeitsbeziehung in meinem Handy abgespeichert. Meine alten Adressbücher aus den 1990er Jahren – damals noch handschriftlich geführt und inzwischen vollständig zerfleddert – enthalten viele Namen meiner damals noch unbekannten Mitstreiter*innen, die inzwischen zum „Who is Who" des Kunstbetriebs gehören. Der freundschaftliche Umgang ermöglicht zudem eine Kommunikation ohne Umschweife, bei der man schnell zur Sache kommen kann. Denn analog zum sogenannten „Geschäftsfreund" weiß man seine freundschaftlichen Beziehungen im Kunstbetrieb gut einzuschätzen. Tief verankert ist hier auch das Prinzip „Eine Hand wäscht die andere": Wer mir einen Gefallen tut, dem schulde ich in Zukunft etwas, worauf er oder sie mit Sicherheit zurückkommen wird.

Als Kritikerin habe ich aber auch sehr davon profitiert, dass ich mich seit den späten 1980er Jahren in diesem Milieu aufhalte und entsprechend über weit verzweigte, freundschaftlich angehauchte Beziehungen verfüge. Die für die Kunstwelt typischen informellen Deals lassen sich unter Quasi-Freund*innen ohnehin viel effektiver abwickeln: Man einigt sich schnell und muss sich nicht erst vortasten und absichern. Ohne die freundschaftlichen Bande, über die die Deals im Kunstbetrieb gespielt werden, wäre der informelle Zug dieser Ökonomie nicht denkbar. Erst der vertraute Umgang miteinander erlaubt es, dass in diesem unregulierten Feld nur ungeschriebene Gesetze gelten: Geschäftsbeziehungen wie die zwischen Galerist*innen und Künstler*innen sind zum Beispiel in der Regel nicht vertraglich geregelt. Entscheidend sind vielmehr die mündlichen Absprachen unter Personen, die im Modus der Freundschaft miteinander verkehren. Neben den Nachteilen derart persönlicher Tauschgeschäfte, etwa Intransparenz oder der Entstehung rechtsfreier Räume, kommt man in einer informellen Ökonomie ohne Verträge aber auch schneller und unbürokratischer ans Ziel. Durch den informellen Charakter wird vieles machbar – das hat mich anfangs zu ihr hingezogen, mich oft begeistert, fasziniert und zudem gut unterhalten. Es kann tatsächlich großen Spaß machen, mithilfe einer quasi-freundschaftlichen Operation zu schnellen Übereinkünften und Ergebnissen zu gelangen. So viel dieses Freundschaftssystem ermöglicht, so durchlässig es scheint, ist es doch zugleich verantwortlich für den exklusiven Charakter, die rigiden Zugangsbeschränkungen des Kunstmilieus. Wem es etwa aufgrund seines weniger weltläufigen Habitus nicht gelingt, sich hier freundschaftlich zu verbinden, der*die hat das Nachsehen und bleibt ausgeschlossen.

25.8.2020

Freundschaft ist ja auch eine „Vertrauenspraxis" (Martin Hartmann), nur wird das für die Freundschaft notwendige Vertrauen eben nicht jedem*jeder entgegengebracht. Bevorzugt werden laut Hartmann grundsätzlich jene, die „im gleichen institutionellen Regime" zu Hause sind. Das heißt: Wer einen anderen Klassenhintergrund oder eine andere kulturelle Herkunft hat, dem wird potenziell weniger Vertrauen vorgeschossen. Dass sich Vertrauen eher zwischen Personen aus ähnlichen Herkunftsmilieus einstellt, habe ich selbst beobachtet. Lange Zeit gab es in meinem professionellen Freundes- und Bekanntenkreis zum Beispiel nur wenige Personen mit Migrationsgeschichte. Dies ändert sich zum Glück gerade, was auch eine Folge von sozialen Protestbewegungen wie Black Lives Matter ist. Personen, die sich als „anders" markiert sehen, insistieren zu Recht auf Teilhabe. Und umgekehrt sehen sich meine Kolleg*innen und ich dazu verpflichtet, für mehr Diversity in unserem Arbeitsfeld zu sorgen – eine Diversität, die im Idealfall nicht nur kosmetisch bleibt, sondern veränderte Machtstrukturen impliziert. Zugleich ist Freundschaft aber auch nichts, das sich erzwingen ließe – sie bedarf schließlich einer ideellen und / oder emotionalen Grundlage. Dafür, dass sich dieses Gemeinsame auch mit jenen einstellt, die gesellschaftlich anders markiert und positioniert sind, muss man etwas tun – Freundschaften stellen sich hier nicht von alleine ein.

Aber auch das heterogenste professionelle Freundschaftsnetz kann sich als problematisch erweisen, wenn man über kein Außen zu ihm verfügt. So ging es mir lange Jahre: Ich kannte schlicht niemanden, der nicht im Kunstbetrieb verortet war, verfügte über keine Alternative zu dieser Szene. Jede meiner sozialen Interaktionen trug das Erbgut des Kunstbetriebs in sich, es schien kein Entkommen aus diesem Milieu zu geben. Inzwischen ist es mir gelungen, einen Zugang zu anderen Kreisen zu finden, nun pflege ich auch einige wenige Freundschaften außerhalb der Kunstwelt. Das Kunstbusiness bleibt hier außen vor, was nicht nur mir, sondern auch den Freundschaften guttut.

Der betont freundschaftliche Umgang, den die Mitglieder der Kunstwelt miteinander pflegen, scheint mir darüber hinaus aber auch auf die Besonderheiten des dort gehandelten Produkts – Kunstwerke – zurückzugehen. Eben weil Kunstwerke als Waren der besonderen Art gelten, die aufgrund ihrer enormen symbolischen Bedeutung nicht in ihrem Preis aufgehen, entspricht ihnen eine Handelsform, die den Anschein eines freundschaftlichen Austausches hat.

26.8.2020

Der freundschaftliche Umgang demonstriert, anders ausgedrückt, dass es bei Kunst idealiter um mehr als nur ökonomisches Kalkül geht. Zugleich sind diese freundschaftlichen Interaktionen aber auch businessorientiert, weshalb sie die Künstlerin Andrea Fraser einmal treffend als Beispiele für *transactional friendships* charakterisierte – es handelt sich demnach um Geschäftsbeziehungen, die im Gewand der Freundschaft auftreten.

Analog zur Geschäftsbeziehung zielen auch *transactional friendships* darauf, Profit aus dem anderen zu schlagen. Ist aus dem *transactional friend* jedoch nichts mehr herauszuholen, dann löst sich diese Verbindung zumeist auf. Vergleichbar der Nutzenfreundschaft, der ihr Nutzen irgendwann abhandenkommt, hat die *transactional friendship* ohne Transaktion ihre Daseinsberechtigung verloren. *Transactional friendships* sind offenkundig weit vom aristotelischen Ideal der „wahren“, uneigennützigen

Freundschaft entfernt. Geschätzt wird der andere hier schließlich nicht um seiner selbst willen, sondern aufgrund dessen, was er oder sie in die Transaktion einbringt.

Nur scheint mir die aristotelische Vision einer Person, der um ihrer selbst willen freundschaftliche Gefühle entgegengebracht werden, auch hoffnungslos veraltet zu sein. Mir würde es jedenfalls schwerfallen, zwischen meinem „eigentlichen Selbst", für das ich geschätzt werden möchte, und dem, was ich in beruflicher Hinsicht mache oder leiste, trennscharf zu unterscheiden. Sind nicht auch meine Texte, Vorträge und Bücher Teil meines Selbst? Gibt es unabhängig von meinem Arbeitsselbst Aspekte meiner Persönlichkeit, die Freundschaft verdienen würden? Qualitäten wie Freundlichkeit, Liebenswürdigkeit oder Anteilnahme vielleicht? Obgleich ich natürlich hoffe, von meinen engsten Freund*innen für derartige Eigenschaften geschätzt zu werden, würde ich doch nie von ihnen verlangen, dass sie mir unter Absehung von alldem, was mich beruflich ausmacht, Freundschaft entgegenbringen. Gerade im Kunst- und Kulturbereich definiert sich schließlich jeder und jede tendenziell über seine*ihre Arbeit. Der Versuch, unter diesen Bedingungen einen arbeitsunabhängigen, Freundschaft verdienenden Wesenskern der Personen herauszuschälen, scheint mir hier relativ vergeblich.

27.8.2020

Vor eine Zerreißprobe sehen sich Freundschaften aber nicht nur durch ihre Verwandlung in *transactional friendships* gestellt. Auch der fließend gewordene Übergang zwischen befreundeten Kooperationspartner*innen und Konkurrent*innen in unserer vernetzten Ökonomie erschwert das Pflegen von Freundschaften. Denn mit den befreundeten Kolleg*innen soll ich ja nicht nur zusammenarbeiten, wir stehen dabei auch in einer Wettbewerbsbeziehung zueinander. Der Theaterwissenschaftler Kai van Eikels spricht in diesem Zusammenhang treffend von *Co-competition* – Kooperation und Competition würden vor allem bei kollektiven Projekten fließend ineinander übergehen. Wobei man an diesem Punkt vielleicht zwischen produktiv-stimulierender Konkurrenz und destruktiver Rivalität unterscheiden müsste. Während das Wetteifern mit jemandem durchaus motivierend sein kann, hat die negative Fixierung auf die vermeintliche Rivalin oft etwas Selbstzerstörerisches. Nicht unwahrscheinlich ist zudem, dass eine anfangs produktive Wettbewerbsbeziehung irgendwann in bittere Rivalität umschlägt. Es kann sogar vorkommen, dass sich langjährige Freund*innen und Kolleg*innen plötzlich als *frenemies* erweisen, wie der treffende Ausdruck im Englischen lautet. Freund*in und Feind*in fallen hier in einer Person zusammen und sind ununterscheidbar geworden, weshalb es ratsam sein kann, diesem Menschen weniger mit Vertrauen als mit Misstrauen zu begegnen. Nicht selten habe ich realisieren müssen, dass eine mir scheinbar wohlgesonnene Freundin / Kollegin in Wahrheit längst dabei war, an dem Ast zu sägen, auf dem ich saß, vielleicht ohne es selbst zu wissen oder zu spüren.

Aggressive, auch unbewusste Verdrängungswünsche zu thematisieren kommt jedoch einem Tabubruch gleich. So habe ich zum Beispiel einen Kollegen einmal mit meinem Eindruck konfrontiert, dass er mir trotz seiner Rhetorik der Solidarität eigentlich beruflich zu schaden versuche. Er reagierte darauf – vermutlich, weil es kein bewusster Akt war – mit heller Empörung. Denn negative Gefühle wie „Hass“ oder „Neid“ dürfen einfach nicht sein, und das, obwohl sie in einer Wettbewerbsgesellschaft unvermeidlich sind. Niemand ist davor gefeit. Natürlich versetzt es auch mir zumindest einen Stich, wenn eine befreundete Kollegin mehr publiziert oder mehr Anerkennung für ihre Arbeit bekommt als ich, auch wenn ich mich zugleich authentisch für sie freuen kann. Obwohl negative Gefühle also im Rahmen von Konkurrenzsituationen unleugbar vorhanden sind, habe ich es nur selten erlebt, dass sie in der Freundschaft direkt angesprochen werden. Ich erinnere mich in diesem Zusammenhang an eine Situation, in der ich mit einer Freundin um dieselbe Förderung konkurrierte. Wir sprachen im Vorfeld darüber, was es mit unserer Freundschaft machen würde, wenn nur eine von uns das Stipendium bekäme. Und wir schworen uns, dann trotzdem befreundet zu bleiben und zu feiern – wir würden es der Konkurrenzsituation nicht erlauben, einen Keil in unsere Freundschaft zu treiben. Es gelang uns sogar, uns im Laufe des Bewerbungsprozesses gegenseitig zu unterstützen und zu beraten. Das Gute in diesem Fall: Wir haben beide das Stipendium erhalten. Und es hat die Freundschaft konsolidiert, dass wir die Wettbewerbssituation und ihre Folgen für unsere Beziehung adressiert haben. Wenn der Konkurrenzdruck in der Freundschaft von den Beteiligten angesprochen wird, besteht die Chance, dass die Beziehung ihn überlebt und andauert. Mehr noch: Im Idealfall vertieft es die Freundschaft, wenn negative Affekte wie „Neid" oder „Konkurrenz" innerhalb von ihr verhandelbar sind.

28.8.2020

Zu einer noch härteren Bewährungsprobe für das Prinzip „Freundschaft" haben vor allem die Sozialen Medien beigetragen, wo jeder Kontakt (etwa auf Facebook) den Status eines *friends* hat. Ein Großteil dieser *friends* sind in Wahrheit entfernte Bekannte oder Leute, die man gar nicht persönlich kennt, was einer Entleerung des Freundschaftsbegriffs gleichkommt. Über je mehr solcher als *friends* deklarierten Kontakte ich jedoch auf Facebook verfüge, desto größer ist mein Netzwerk-Kapital.

Von „wahren" Freund*innen, die mir bei Lebensumbrüchen beistehen, sind solche Facebook-*friends* naturgemäß weit entfernt. Freunde sind hier keine Freunde mehr, weshalb das Wort seine ursprüngliche Bedeutung eines eng verbundenen Vertrauten verliert. Wie sich diese Aushöhlung des Freundschaftsbegriffs online auf die freundschaftlichen Praktiken offline auswirkt, wäre einmal genauer zu untersuchen. Überträgt sich die Gleichgültigkeit, die man dem Großteil seiner Online-*friends* entgegenbringt, auf die Offline-*friends*? Oder ist es eher umgekehrt so, dass man seine Offline-Freund*innen und die analogen Treffen mit ihnen aufgrund der inflationär gewordenen Online-Pseudo-Freund*innen mehr denn je zu schätzen weiß? Wenn jeder X-Beliebige zum *friend* deklariert werden kann, verliert die Freundschaft jedenfalls ihren exklusiven

Zug, ist also potenziell mit allen zu haben. Damit scheinen mir ein Verlust und eine Errungenschaft zugleich einherzugehen: Die Freundschaft verliert ihr Potenzial einer exklusiven Bindung, Freund*innen werden beliebig und austauschbar. Dafür gewinnt die Freundschaft an Zugänglichkeit und Inklusivität. Denn wenn im Prinzip jede*r mein*e Freund*in sein kann, dann kommt es nicht mehr zum Ausschluss der Nichtfreund*innen. Die Freundschaft mit mir steht nun im Prinzip allen offen – nur die letzte kleine Schwelle, die *friend*s von Followern trennt, muss von beiden Seiten überwunden werden. Andererseits: Geht mit dem Verlust der Exklusivität nicht auch die Pointe der Freundschaft verloren? Ist sie nämlich potenziell mit allen zu haben, dann hat sie ihren wesentlichen Zug – einmalig und spezifisch zu sein – verloren.

29.8.2020

Gerade weil die Störanfälligkeit der Freundschaft sowohl online als auch offline zugenommen hat, ist die Sehnsucht nach ihr vermutlich so ausgeprägt. So ist es jedenfalls bei mir: Mehr denn je sehne ich mich nach meinen Freund*innen, mehr denn je weiß ich ihre Freundschaft zu schätzen. Und mit jedem Ende einer Freundschaft geht ein Teil von mir verloren, den ich nur der Freundin gegenüber ausgelebt habe. Nicht nur die Freundin, auch diesen verlorenen Teil gilt es nach dem Freundschaftstod zu verabschieden und zu betrauern. Er ist so schmerzhaft, weil ich mich durch den Verlust der Freundschaft selbst wie amputiert fühle. Je mehr Freundschaften mir in der letzten Zeit aus vielfältigen Gründen weggebrochen sind, desto enger sind mir meine verbliebenen Freund*innen ans Herz gewachsen. Sorgfältig pflege ich den Kontakt zu ihnen und ich hoffe darauf, dass wir uns immer durch die Höhen und Tiefen unserer Leben hindurch begleiten werden.

Die Dauer einer Freundschaft war schon für Aristoteles das wesentliche Kriterium ihrer Qualität – nur dauerhafte Freundschaften seien „wahre“ Freundschaften. Wenn Freundschaften jedoch idealiter auf Dauer angelegt sind, dann scheint in ihnen auch die Realität des Todes auf.

Eines Tages wird man selbst oder der*die Freund*in notgedrungen sterben. Eine*r wird mit hoher Wahrscheinlichkeit zuerst gehen, während der*die andere allein zurückbleibt. „Wahre Freundschaft" bedeutet vor diesem Hintergrund aber auch, dass man dem*der Freundin noch über seinen*ihren Tod hinaus die Treue hält. Apropos Tod: Es kommt vor, dass ich mir künftige Trauerreden ausmale, die ich eines Tages für meine engsten Freund*innen an ihrem Grab halten werde. Meine Verbundenheit ihnen gegenüber soll auch vor dem Tod nicht Halt machen. Auch wenn sie verstorben sind, möchte ich ihnen freundschaftlich verbunden sein, indem ich mich mit Worten an sie wende oder an sie denke. Denn allein von der Überlebenden hängt es dann ab, ob die Freundschaft auch posthum mit Leben gefüllt ist.

Auch die Zerwürfnisse mit Freund*innen haben Konsequenzen, die über den Tod hinausgehen. Schon anlässlich ihres Begräbnisses werde ich mich möglicherweise mit der Frage quälen, ob mein Erscheinen dort überhaupt erwünscht und opportun ist. Kann man sich von einer Verstorbenen verabschieden, wenn man gar keinen Kontakt mehr zu ihr hatte? Und wie werden sie es umgekehrt bei meinem Begräbnis halten? Werden sie ihm fernbleiben oder durch ihr Kommen eine Art posthume Versöhnung anstreben? Zum Glück stellen sich diese Fragen im Moment noch nicht: Ich lebe und all meine Freund*innen und Ex-Freund*innen ebenfalls.

Dass allein die Dauer darüber entscheidet, ob man es mit einer „wahren" oder „guten" Freundschaft zu tun hat, war übrigens auch die Meinung des Schriftstellers Albert Camus. In einem Brief an seinen Kollegen Francis Ponge schrieb er im Jahr 1943: „Es gibt Freundschaften, die andauern, und solche, die es nicht tun. Die, die andauern, sind gute Freundschaften – es ist ganz einfach." Er unterschied also zwischen „guten" Freundschaften, die andauern, und allen anderen, die schlicht keine sind. Ganz so einfach ist es aus meiner Sicht jedoch nicht. Denn wenn ich all meine zerbrochenen Freundschaften, darunter auch die vielen instrumentell angehauchten Freundschaften der Kölner Jahre, niemals als „gute" und potenziell dauerhafte

Freundschaften im Sinne Camus' angesehen hätte, wäre ich sie dann eingegangen? Ist es nicht vielmehr so, dass sich Bedürfnisse situativ ändern und dass einem die Freund*innen unter veränderten Bedingungen in einem anderen Licht erscheinen? Eine Freundschaft, die ich einmal als erfüllend und belebend empfunden habe, kann unter veränderten Umständen als tendenziell verletzend und belastend erfahren werden. Unter bestimmten Bedingungen hat sie mir etwas gegeben, in einem anderen Kontext mutet sie mir jedoch zu viel zu. Auch für zahlreiche Kölner Freund*innen der 1990er Jahre habe ich tiefe Zuneigung empfunden, und es wäre falsch, dies im Nachhinein zu entwerten und als Illusion abzutun.

Als ich noch jünger und mehr vom Ehrgeiz getrieben war, waren die inhaltliche Übereinstimmung und die gemeinsame Ambition für die Bildung von Freundschaftsbündnissen ausschlaggebend. Unter den veränderten Bedingungen des Älter-geworden-Seins ist mir hingegen die Fürsorgequalität der Freundschaft wichtiger geworden. Was ich meinen Freund*innen heute vor allem geben möchte, ist emotionale und soziale Unterstützung. Die Bindungen, bei denen das Instrumentelle im Vordergrund stand, haben sich dagegen gelockert. Dies bedeutet jedoch nicht, dass meine Freundschaften des eher instrumentellen Typs keine ernstzunehmenden Freundschaften waren. Ich wäre damals schlicht nicht auf die Idee gekommen, emotionalen Beistand von diesen Personen zu erwarten – die geteilte Gesinnung war mir wichtiger.

30.8.2021

Als unangenehm empfinde ich es allerdings, wenn Jugendfreund*innen, zu denen längst keine Verbindung mehr besteht, einen aktuellen Freundschaftsanspruch erheben. Sie kontaktieren mich ganz selbstverständlich so, als wäre seit unserem letzten Kontakt vor gefühlt hundert Jahren keine Zeit vergangen. Übergangslos knüpfen sie an frühere Gemeinsamkeiten an, die ich längst vergessen habe. Sie sprechen mit mir so, als wäre ich dieselbe geblieben, als wären Entwicklung und Veränderung bei mir ausgeblieben.

Mit einer Entschlossenheit, die ich zuweilen als Zumutung empfinde, versuchen sie mich auf mein altes Ich festzuschreiben. Wehre ich mich gegen diese gewaltsame Festlegung, scheinen sie dies gar nicht zu registrieren: In ihren Augen bin ich ganz die Alte. So habe ich es neulich erlebt, als ich zufällig einem früheren Studienkollegen aus meiner Zeit in Paris auf einer Party begegnete. Er nannte mich sogleich bei meinem damaligen Spitznamen („Frau Frida") und versuchte, mich auf das Bild festzulegen, das er sich als Student von mir gemacht hatte. An die frühere Vertrautheit zwischen uns knüpfte er ebenfalls bruchlos an, darüber hinwegsehend, dass diese längst nicht mehr bestand. Ich empfand dies als tendenziell übergriffig und suchte mich der Situation zu entziehen.

Bei Nietzsche findet sich eine recht bösartige, aber auch erhellende Bemerkung zu diesem Phänomen: In der Begegnung mit ehemaligen alten Freund*innen würden diese zu „Gespenstern unserer eigenen Vergangenheit". Sie zwängen uns zu einer Konfrontation mit unserem früheren, „härteren und ungereifteren" Ich. Alte Freunde würden uns demnach unser früheres Selbst vorführen, das wir eigentlich längst hinter uns gelassen zu haben glauben. Zwar ist mir diese von Nietzsche beschriebene Wahrnehmung durchaus vertraut: dass mich frühere Freund*innen wie besagter Studienkollege auf mein (vermeintlich) früheres Ich festschreiben, das ich abgelegt zu haben meine. Doch Nietzsches dünkelhafte Pose scheint mir auch fragwürdig – anders als seine Freunde glaubt er sich verwandelt und weiterentwickelt zu haben. Dabei könnte es doch ebenso gut umgekehrt sein: dass seine Freunde *ihn* als hoffnungslos stehengeblieben empfinden, während er sich über sie hinausgewachsen wähnt. Womöglich sind es gerade diejenigen, die wie Nietzsche den Freund*innen aus vergangenen Zeiten eine Art *arrested development* unterstellen, die in Wahrheit selbst auf der Stelle treten. Wenn es mir so vorkommt, als halte sich mein ehemaliger Studienfreund immer noch im Jahre 1984 auf, muss ich wenigstens damit rechnen, dass er es ähnlich wahrnimmt, dass er mich also auch als auf tragische Weise in der Vergangenheit feststeckend erlebt. Zudem ist „Entwicklung" unter Freund*innen ja nichts objektiv Feststellbares: Während sich die eine Freundin subjektiv total verändert glaubt, kann sie von der anderen als völlig unverändert wahrgenommen werden.

31.8.2020

Zur zentralen Praxis der Freundschaft erklärt Janosch Schobin das *Gespräch*. Im Gespräch stelle sich „das sorgende und stützende Dasein des Freundes ein". Die Präsenz des anderen erweise sich hier als etwas Heilsames. Es stimmt, dass Freundschaft ganz ohne Gespräche schwer vorstellbar scheint. Erst mit der Freundin redend erfahre ich das Wohltuende unserer Freundschaft. Ihr Gesprächsverhalten kann mir allerdings auch die Defizite oder Grenzen unserer Freundschaft aufzeigen. Kürzlich realisierte ich zum Beispiel in einer Unterredung mit Dorothee, einer früheren Freundin von mir, wie wenig freundschaftlich sie sich mir gegenüber verhielt. Sie sagte mir auf den Kopf zu, dass unsere Freundschaft aufgrund unserer inhaltlich-politischen Divergenzen zerbrechen *musste*, denn es sei ihr das Wichtigste, dass sie sich bei ihren Leuten, mit denen sie inhaltlich an einem Strang ziehe, nicht unbeliebt mache. Dass unsere Freundschaft unseren politischen Dissens überleben und aushalten könnte, kam ihr als Option gar nicht in den Sinn. Ihre eigene Karriere war ihr – das gab sie im Gespräch offen zu – wichtiger als unsere Freundschaft. Ich sei inzwischen aufgrund meiner Überzeugungen für sie zum Feind geworden. Wie ich ihre aggressiven Worte aufnehmen würde, schien ihr völlig gleichgültig zu sein. Es bedurfte aber auch dieses Gesprächs, um mir schlagartig bewusst zu machen, dass unsere Freundschaft Makulatur war. Noch während ich ihr zuhörte, realisierte ich, dass ich sie nicht mehr zu meinen Freund*innen zählen konnte. Gespräche sind Rituale, an denen sich das Ende einer Freundschaft ebenso ablesen lässt wie deren besonderen Qualitäten.

Was freundschaftliche Gespräche Schobin zufolge darüber hinaus auszeichnet, ist ein Austausch von Geheimnissen. Indem man sich unter Freund*innen wechselseitig Geheimnisse anvertraue, übergebe man dem*der anderen eine Art symbolisches Lebenspfand. Es stimmt: Dem*der Freund*in Geheimnisse anzuvertrauen bedeutet, dass man sich ihm*ihr ausliefert, ihm*ihr etwas übergibt, das wesentlich zu einem gehört. Auch ein solcher Geheimnisaustausch setzt in der Regel Vertrauen voraus.

In letzter Zeit habe ich beobachtet, dass Geheimnisse oder intime Informationen auch jenseits von Vertrauensverhältnissen preisgegeben werden können. Die intime Gesprächskultur der Freundschaft scheint mir aus freundschaftlichen Zusammenhängen ausgewandert und in den Bereich der Begegnung mit Unbekannten vorgedrungen zu sein. Die Bereitschaft, sich fremden Menschen oder entfernten Bekannten anzuvertrauen, ist speziell unter meinen weiblichen Freunden gestiegen. Auch ich beobachte diese Tendenz an mir, dass ich mich fremden Personen gegenüber zu schnell öffne, sie in einem schwindelerregenden Tempo über meine private Lebenssituation informiere. Ist es vielleicht der andernorts unerfüllt gebliebene Wunsch nach einem innig-freundschaftlichen Kontakt, der sich auf diese Weise Bahn bricht, gleichsam am falschen Ort? Oder ist es die Distanz zu den anderen, die uns zu intimen Geständnissen nicht zuletzt deshalb ermutigt, weil wir bei ihnen, anders als bei unseren Freund*innen, nicht befürchten müssen, dass sie unsere Geheimnisse sogleich an unsere Bekannten ausplaudern? Dieses Problem der Indiskretionen unter Freund*innen bleibt in Schobins Überlegungen zum Geheimnisaustausch interessanterweise unerwähnt. Dabei ist selbst bei „guten Freund*innen" damit zu rechnen, dass sie die ihnen anvertrauten Geheimnisse unter Umständen nicht für sich behalten. Schon Nietzsche machte sich dahingehend keine Illusionen: Aus seiner Sicht gibt es nur wenige, „die die geheimeren Angelegenheiten ihrer Freunde" nicht sogleich preisgeben, zumal dann, wenn sie selbst um „Stoff zur Unterhaltung verlegen" seien. Wer also im Gespräch mit der Freundin etwas Wertvolles beitragen will, plaudert ein Geheimnis aus, das ihr oder ihm anvertraut wurde. Mit absoluter Verschwiegenheit kann auch bei engen Freund*innen nicht unbedingt gerechnet werden – da hat

Nietzsche wohl recht. Die Wahrscheinlichkeit ist vielmehr hoch, dass das ihnen im Vertrauen Erzählte bei jemand anderem landet. Nur steht bei derartigen Indiskretionen im Rahmen der Freundschaft meiner Erfahrung nach mehr auf dem Spiel als bloß der von Nietzsche vermutete Wunsch, etwas zu sagen zu haben. Wenn ich selbst zum Beispiel etwas mir Anvertrautes (natürlich immer unter dem Siegel der Verschwiegenheit) weitergebe, dann zolle ich auf diese Weise auch dem Wert von Klatsch und Tratsch in meiner Ökonomie, dem Kunstbetrieb, Tribut. Indem ich *hot gossip* direkt weitererzähle, verschaffe ich mir einen Vorsprung: Weil ich *mehr* als die andere weiß, kann ich mich früher als sie auf die durch dieses Wissen veränderte Situation einstellen. Gossip ist auch Ausdruck eines Wettbewerbsvorteils, der einen für die Zukunft wappnet. Als Überbringerin der eigentlich geheim zu haltenden Botschaft demonstriere ich meinem Gegenüber zudem, dass ich über einen privilegierten Zugang zu meiner Informationsquelle verfüge. Hier schließt sich der Kreis, denn in der Regel verdankt sich auch dieser privilegierte Zugang einem vertrauensvoll-freundschaftlichen Verhältnis, das ich auf diese Weise ebenfalls zur Schau stelle. Ich schmücke mich also mit dem freundschaftlichen Vertrauensverhältnis zu meiner Informationsquelle noch in der Sekunde, in der ich ihr Vertrauen missbrauche, indem ich ihre Geheimnisse ausplaudere.

1.9.2020

Freundschaften leben auch von dem, was in ihnen unausgesprochen bleibt – darauf wies mich gestern mein Freund Christian hin, dem ich die bisherigen Seiten dieses Buches zu lesen gegeben habe. Er empfand es als Zumutung, dass und vor allem *wie* das bei Freundschaften gewöhnlich unerwähnt Bleibende von mir ans Licht gezerrt wird. Unbehagen bereitete es ihm zudem, sich an einer bestimmten Stelle auf dem Schachbrettmuster meiner Freundschaften wiederzufinden, und zwar ohne dass dies vorher mit ihm abgesprochen worden war. Dabei hatte ich ihn bei der Entwicklung meiner Figuren gar nicht im Sinn! Seine vehemente Reaktion auf meinen Entwurf schockierte mich.

Ich realisierte, dass ich durch mein Aussprechen des in Freundschaften üblicherweise Ungesagten nicht nur meine Freundschaft zu Christian, sondern all meine Freundschaften gefährdete. Beruht doch die Stabilität unserer Bindungen darauf, dass vieles, was diese selbst betrifft, im Schatten bleibt. Sollte ich nicht besser um meiner Freundschaften willen in diesem Buch den entgegengesetzten Weg einschlagen und mich in diffusen Anspielungen ergehen?

Ich beschließe, die auftretenden Figuren noch stärker zu verfremden, zumal es mir gar nicht um konkrete Personen, geschweige denn um deren Verortung in meinem Freundschaftsnetzwerk geht. Ich möchte vielmehr zeigen, wie die aktuellen Zwänge der Wettbewerbsgesellschaft in Freundschaftsverhältnisse hineinreichen – und das auch mit Blick auf persönliche, aber literarisierte Freundschaftserlebnisse. Eben weil gesellschaftliche Strukturen auch mein Freundschaftsgeschehen modellieren, kann es trotz der jeweiligen Einmaligkeit zu etwas Vergleichbarem werden.

Auch wenn es zunächst widersprüchlich erscheinen mag, möchte ich vor diesem Hintergrund ein Loblied auf meine unverwechselbaren Freundinnen – Solange und Majorie – anstimmen. Solange habe ich bei regelmäßigen Arbeitstreffen von Kolleg*innen in einem Kölner Café in den späten 1990er Jahren kennengelernt. Sie beherrscht die Kunst der Freundschaft wie keine andere, was man auch daran erkennen kann, dass sie einer ihrer Freundinnen aus Kindertagen immer noch eng verbunden ist. Von Anfang an brachte sie mir ein Maß an Wohlwollen und Unterstützung entgegen, das ich so noch nie erfahren hatte. Auf den ersten Blick mag sie ein wenig streng und unnahbar wirken, in Wahrheit ist sie jedoch offen und extrem aufgeschlossen für andere Menschen und deren Probleme. So haben wir es uns angewöhnt, uns allmorgendlich per SMS nach unserem Befinden zu erkunden, damit wir uns nie allein fühlen. Majorie kenne ich seit der Grundschule – auch im Gymnasium saßen wir durchgehend nebeneinander. Sie half mir bei meinen Schwierigkeiten mit der Mathematik, während ich ihre Deutsch-Aufsätze korrigierte. Obwohl sie beruflich und privat einen ganz anderen Weg eingeschlagen hat als ich – sie ist Anwältin und lebt mit Mann und vier Kindern auf einem Bauernhof in der Nähe von Hamburg –, sind wir immer noch eng befreundet. Sie hat das freundlichste und frischeste Gesicht, das ich kenne. Auch sie misst ihren Freundschaften, vor allem seit dem frühen Tod ihrer Schwester, eine große Bedeutung bei, und Loyalität zu den Freund*innen steht bei ihr über allem. Im Notfall lässt Majorie alles stehen und liegen, um zu einer ihrer Freundinnen zu eilen, die in Schwierigkeiten steckt oder ihre Hilfe braucht. Nie werde ich vergessen, wie mich Majorie einmal vom Hamburger Hauptbahnhof abholte, nachdem ich durch eine schmerzhafte Trennung hindurchgegangen war. Ich hatte ihr erzählt, wie schlimm es für mich sei, in einer Stadt anzukommen und von niemandem abgeholt und erwartet zu werden – und schon war sie da.

Sowohl Solange als auch Majorie räumen ihren Freund*innen in ihrem Leben einen zentralen Platz ein, was für ihre Lebenspartner*innen sicherlich nicht ganz einfach zu handeln ist. Mit großer Hingabe tauchen sie auch in das Innenleben ihrer Freund*innen ein, sparen nicht mit Zuspruch und motivierenden Worten. Aus allem, was passiert, sucht vor allem Solange über das Individuelle hinausgehende Strukturen abzuleiten, was ich als enorm hilfreich und beruhigend empfinde. Ich realisiere dann, dass ich manche persönlichen Demütigungen gar nicht so sehr auf mich beziehen muss, weil sie auch Ausdruck von sexistischen gesellschaftlichen Strukturen sind. Und über die Dramatik unserer jeweiligen Lebenskrisen können wir gemeinsam lachen. Beide, Majorie und Solange, bringen mir eine Sympathie von besonderer Art entgegen. Sie nehmen mit großer Zugewandtheit Anteil an meinem Leben, hüllen mich regelrecht ein. Noch durch mich stark verunsichernde biografische Brüche (wie Trennungen oder der Tod meiner Eltern) haben sie mich hindurchgetragen. An ihren Worten und Gesten kann ich stets ablesen, dass sie mir zugetan sind. Das erlaubt es mir, ein wenig gnädiger mit mir selbst zu sein. Es ist, als würde sich ihre Milde mir gegenüber auf mich übertragen: Auch ich gehe weniger streng mit mir ins

Gericht. Ich weiß nicht, wie ich die zahlreichen Krisensituationen in meinem Leben ohne ihr Coaching überlebt hätte. Weil sie mich spüren lassen, wie viel ihnen an meinem Lebensglück gelegen ist, gehe ich mir selbst nicht verloren. Sie helfen mir dabei, mich in meiner Lebenssituation zu verorten und wiederzufinden. Indem sie sich meiner Lage zuwenden, signalisieren sie mir zudem, dass sie dieses Interesse und diese Aufmerksamkeit verdient. Es ist nicht egal, was mit mir passiert, auch wenn mir dieser deprimierende Gedanke manchmal kommt. Ihre Ratschläge zur Bewältigung meiner Probleme (wie Arbeitsüberlastung oder Beziehungskrisen) sind dabei nie übergriffig oder anmaßend. Sie werden stets vorsichtig und zurückhaltend formuliert, die faktische Distanz zwischen uns nicht überspielend. Und nachdem ich in endlosen Beratungsgesprächen mit ihnen die Baustellen meines Lebens erkundet habe, fällt es mir in der Regel leichter, mich diesen auch in Eigenregie zu widmen. Ich kann die Probleme weniger verzagt aus ihrer Perspektive sehen, wodurch sie bewältigbar erscheinen. Ich fasse wieder Mut, bin hoffnungsfroher gestimmt. Das deprimierende Gefühl, dass es auf meine persönliche Situation im Grunde gar nicht ankommt, verliert sich schon in dem Moment, in dem sich Solange oder Majorie mit ihr befassen.

Sobald existenzielle Entscheidungen anstehen – ob beruflicher oder privater Natur –, hole ich Rat bei ihnen ein. Es ist nicht übertrieben, zu sagen, dass die biografisch folgenreichsten Entscheidungen meines Lebens auf ihren Zuspruch zurückgehen. Ohne ihre Ermunterung hätte ich weder meine Dissertation fertig geschrieben noch mich getraut, trotz angespannter Arbeitssituation ein Kind zu bekommen. Es hilft mir bei solchen Entscheidungen von existenzieller Tragweite, dass ich nicht allein bin, sondern durch die Freundinnen ermutigt und gestärkt handeln kann. Dabei kommt es natürlich auch vor, dass sie bestimmte Lebensentscheidungen von mir – Kompromisse, die ich um des Geldes willen eingehe zum Beispiel – eher kritisch sehen. Vor allem Solange formuliert ihre Bedenken stets nachdrücklich, wobei sie immer meine Interessen im Auge hat, weshalb ich ihren Rat gern annehme. Sie gesteht es mir zu, auch einmal auf dem Holzweg zu sein: Liebevoll weist sie mich auf Fehler und Irrwege hin. Auch mit meinen tiefsten Ängsten (allen voran meiner notorischen Angst, verlassen zu werden) komme ich besser zurecht, wenn ich Solange und Majorie von ihnen berichten kann. Indem ich das, was mich belastet und bedrückt, bei ihnen deponiere, ist meinem Leiden sogleich die Schwere genommen. Es wird zum vielbeschworenen „geteilten Leid" und damit zu einer zumutbaren Zumutung.

2.9.2020

Wie wirken sich eigentlich Klassenunterschiede auf meine engeren Freundschaften aus? Verhindern sie das Aufkommen wirklicher Nähe oder gelingt es dank der Intensität der Zuneigung füreinander, die Klassendifferenz zu transzendieren? In *Rückkehr nach Reims* beschreibt Didier Eribon Klassenunterschiede als etwas die Freundschaft notwendig Zersetzendes. Noch bei der innigsten Bindung komme es irgendwann dazu, dass zwei Klassen einander unversöhnlich gegenüberstehen. Das sei entweder der Nachlässigkeit der Beteiligten oder dem ihnen tief eingeschriebenen Habitus geschuldet. So neigten Leute aus der Mittelschicht beispielsweise zur selbstverständlichen Annahme, dass alle anderen – auch ihre Freund*innen aus der Arbeiterschicht – über dieselben kulturellen Erfahrungen verfügen. Bemerkungen einer Angehörigen der Bourgeoisie, die gar nicht aggressiv gemeint seien, könnten Menschen aus anderen Herkunftsmilieus als extrem verletzend empfinden. Ich denke, dass Eribon die von der Klassenzugehörigkeit ausgehende symbolische Gewalt durchaus treffend beschreibt. Und es stimmt sicherlich auch, dass diese Gewalt in Freundschaften schmerzhaft erfahren werden kann. Was seinen ökonomischen Determinismus wie auch seinen Hang zur Essenzialisierung von Klasse und Habitus betrifft, habe ich jedoch Zweifel. Zwar kann es vorkommen, dass sich einige meiner Freund*innen, wie von Eribon beschrieben, durch mein fließendes Französisch oder durch meine kindheitsbedingte Vertrautheit mit Barockmusik auf den Mangel derartiger Privilegien in ihrer

Kindheit verwiesen sehen. Nur ist der Habitus nichts, das jemals eindeutig wäre – der Habitus ist in der Regel gespalten, so auch bei mir. So wie mich das großbürgerliche Selbstverständnis meiner Eltern sicherlich stark geprägt hat, wuchs ich doch zugleich nach ihrer Scheidung in eher bescheidenen Verhältnissen auf. Ich kann zwar auf Knopfdruck den Auftritt einer „höheren Tochter" hinlegen, doch zugleich beobachte ich mich dabei mit den Augen der linken Intellektuellen, die sich im saturierten Großbürgertum alles andere als zu Hause fühlt. Für meine Freundschaften mit Personen, die einen weniger privilegierten Klassenbackground haben, bedeutet dies zweierlei: Auf der einen Seite kann es durchaus vorkommen, dass ich im Gespräch mit ihnen unsensibel davon ausgehe, dass der Ballett- und Geigenunterricht für alle Kinder erstrebenswert und finanzierbar ist. Auf der anderen Seite wahre ich Distanz zu dem in der Ballettschule zusammenkommenden aufstrebenden Bürgertum, das seine Privilegien oft für selbstverständlich und „verdient" hält. Für mich ist Bürgerlichkeit mit einem *angemaßten* Selbstbewusstsein verknüpft – mit einer in Wahrheit brüchigen Fassade. Und je mehr Risse diese Fassade bekommt – etwa in Form der vielbeschworenen Abstiegsängste der bürgerlichen Mitte –, desto verbissener wird sie aufrechterhalten.

Was meine große Inszenierungslust betrifft, treffe ich mich mit Solange, die aus kleinbürgerlichen Verhältnissen kommend große Freude an bürgerlichen Ritualen und deren sorgfältiger Aufführung hat. Während ich jedoch alle Konventionen und „Benimmregeln" gelegentlich auch fahren lassen kann, um etwa die Füße auf den Tisch zu legen, wäre für Solange ein Abendessen ohne eingedeckten Tisch undenkbar. Womöglich sind dies die Momente, in denen sich die Klassendifferenz zwischen uns am deutlichsten zeigt: In meinem nonchalanten Ausstieg aus eben jenen bürgerlichen Konventionen, auf die Solange schon deshalb besteht, weil sie sich diese hart erarbeiten musste. Das Gute ist jedoch, dass wir uns über derartige Differenzen austauschen können. Indem wir darüber reden, inwiefern unser jeweiliges Selbstverständnis auch klassenbedingt ist, verhindern wir womöglich das Aufkommen der von Eribon beschriebenen Irritationen.

Als eine Abfolge zerbrochener Freundschaften hat Édouard Louis in *Changer: méthode* die Geschichte seines Lebens beschrieben. Er zeigt hier, wie er sich von den Menschen, die er einst liebte, trennen *musste*, um weiterzukommen. Seine Freund*innen benutzte er gezielt für den sozialen Aufstieg, er guckte sich bürgerliche Rituale und einen selbstsicheren Auftritt bei ihnen ab. Doch weil er noch höher hinauswollte, ließ er sie irgendwann hinter sich. Sie machten seine Entwicklung nicht mit, weshalb ein Prozess der Entfremdung zwischen ihnen einsetzte. Der instrumentelle Zug seiner Freundschaften erweist sich in seiner Darstellung als eine klassenbedingte Notwendigkeit: Wer wie Louis dem Milieu der Arbeiterklasse um jeden Preis entkommen will, kann dies nur über andere – Freund*innen – tun. Denn sie verfügen über die Schlüssel zur sozialen Distinktion. Ist das Lernziel „bürgerliche Lebensformen" jedoch erreicht, dann zieht Louis weiter. Louis' durchweg instrumentelle Perspektive auf Freundschaft teile ich jedoch nicht. Denn auch wenn seine freundschaftlichen Bindungen einem Zweck – dem sozialen Aufstieg – untergeordnet waren, gründeten sie doch auch auf anderen Faktoren wie Sympathie oder Faszination für den*die andere*n. Bemerkenswert ist jedoch, dass Louis Veränderung als etwas auffasst, das ausschließlich über Freund*innen verläuft. Seine „méthode" ist die der Freundschaft: Freund*innen sind die Generatoren und Katalysatoren der Veränderung seiner Persönlichkeit. Ohne die Orientierung an ihnen hätte er es nicht vermocht, sich über die Bedingungen seiner Klasse emporzuheben.

3.9.2020

Auch in meinem Leben hat es Freundschaften gegeben, die den auseinandertretenden Lebensentwürfen der Beteiligten nicht standgehalten haben. Wenn sich die eine Freundin zum Beispiel für Familie und Kinder entscheidet, während die andere weiterhin ihr Singleleben führt, kann es zu leichten bis schweren Irritationen kommen. Als ich vor einigen Jahren ein Kind bekam, fiel es jedenfalls nicht all meinen Freund*innen ohne Kinder leicht, sich auf meine veränderte Lebensrealität einzustellen. Für die gemeinsamen Aktivitäten – ob Ausstellungsbesuche oder Ausgehen – stand ich als Mutter nicht mehr uneingeschränkt zur Verfügung, und es wurde komplizierter, sich mit mir zu verabreden. Mein häufiges Fernbleiben von sozialen Ereignissen wie Ausstellungseröffnungen bewirkte zudem, dass ich über das dortige Geschehen nicht mehr informiert war, das ich sonst häufig mit meinen Freund*innen in gemeinsamen Nachbesprechungen erörtert hatte. Diese Nachbesprechungen stellten ein zentrales Ritual unserer Komplizenschaft dar, die durch deren Ausbleiben nun gefährdet war. Ich zog es dennoch vor, zu Hause zu bleiben, um Zeit mit meiner kleinen Tochter zu verbringen. Den nächtlichen Gelagen in Restaurants und Bars vermochte ich nicht mehr so viel abzugewinnen. Wobei ich mir diesen Verzicht auf *social life* und die daraus resultierenden Networking-Gelegenheiten damals auch leisten konnte, sonst wäre er mir sicherlich schwerer gefallen. Meine „Karriere" war zum Zeitpunkt der Geburt meiner Tochter bereits einigermaßen gefestigt, weshalb mein sozialer Rückzug sie nicht so sehr gefährdete. Ich war „Spätgebärende", wie der altersdiskriminierende Ausdruck für meine damalige Lage lautet, und hatte ein paar meiner Schäfchen bereits im Trockenen. Dessen ungeachtet lief ich durch meine kindbedingte Abwesenheit Gefahr, von den Bühnen, auf denen Kunstbetriebsfreundschaften aufgeführt werden, zu verschwinden: Es sind schließlich Ereignisse wie „Openings" oder „Dinners", bei denen diese Freundschaften für alle sichtbar performt werden.

Speziell meine Beziehungen zu kinderlosen Freundinnen wurden zuweilen durch unterschwellige Spannungen getrübt. Zwar muss die Entscheidung gegen Kinder keinen „Verzicht" bedeuten und sie muss auch nicht notwendig mit Trauer oder Schmerz einhergehen. Ist jedoch die innere Auseinandersetzung mit dieser Entscheidung ausgeblieben, kann sich das Unbearbeitete und potenziell Schmerzhafte in Form von latenten Aggressionen oder Neid auf die Freundin mit Kind äußern. Wobei sich der Neid nicht direkt zeigt, er manifestiert sich dem Psychoanalytiker Horst Petri zufolge vielmehr in einer Unfähigkeit zur Anteilnahme. Diese mangelnde Empathie habe ich in einer Variante wiederholt erlebt: Es gibt Freund*innen, die ihr Desinteresse an meiner Tochter kaum verhehlten und gleichgültig weghörten, sobald ich ihnen von ihr erzählte. Finden Kinder keinen angemessenen Raum in der Freundschaft, dann entsteht – so Petri – eine „kränkende Lücke im Freundschaftsgefühl". Von derart „kränkenden Lücken" kann ich tatsächlich ein Lied singen. Ich erinnere mich in diesem Zusammenhang an den Besuch einer befreundeten Kuratorin, mit der ich früher viel Spaß gehabt hatte und mit der ich regelmäßig um die Häuser gezogen war. Sie nahm am großen Tisch in meiner Küche Platz, wo auch meine damals zweijährige Tochter in ihrem Kinderstuhl saß. Obwohl die Kleine auf vielfache Weise (durch Plärren und das Werfen mit Gegenständen) auf sich aufmerksam zu machen versuchte, führte sie beharrlich Kunstbetriebsgespräche mit mir. Die Situation, in der ich mich als Mutter mit einem quengelnden Kind befand, ignorierte sie völlig. Ich brach dieses Treffen möglichst schnell ab, da es mit meiner Lebenssituation nicht zu vereinbaren war.

Eine andere langjährige Freundin, eine Kritikerkollegin, bestand nach der Geburt meiner Tochter darauf, sich stets *alleine* mit mir zu treffen. Sie wartete lieber die Tage ab, an denen ich „frei" hatte, weil meine Tochter bei ihrem Vater war, als mich zu Hause mit ihr gemeinsam aufzusuchen. Ich sah darin ihre Methode, mit der Gegenwart meines Kindes nicht konfrontiert zu werden. Ihre Leugnung der Person, die für mich am wichtigsten geworden war, kränkte mich sehr. Zwischen uns setzte ein Prozess der Entfremdung ein, und inzwischen haben wir kaum noch etwas miteinander zu tun. Zwar konnte ich ihre Schwierigkeiten, sich auf meine veränderte Situation einzustellen, durchaus nachvollziehen. Denn die Verschiebung meiner Prioritäten muss auch für sie schmerzhaft gewesen sein, mein Kind stand nun an erster Stelle. Dennoch wäre es in meinen Augen hilfreich gewesen, wenn sie mit mir über ihre Probleme mit meiner neuen Mutterrolle gesprochen hätte, statt mich stur alleine treffen zu wollen, was ich ablehnte.

4.9.2020

Obgleich ich die Zeit mit meiner Tochter zu Hause sehr genossen habe, überkam mich doch hin und wieder eine *fear of missing out*. Ich befürchtete, aus sämtlichen sozialen und freundschaftlichen Bezügen herauszufallen. Dabei gab (und gibt) es allerdings auch engere Freund*innen, die sich auf die mit der Geburt meiner Tochter veränderte Situation durchaus eingestellt haben. Sie nehmen Rücksicht auf meine Lage, wenn sie sich etwa bei einer Verabredung angesichts meines vollständig durchgetakteten Alltags nach mir richten. Eine enge Freundin bot sich mir sogar mehrfach als Babysitterin an, damit ich etwas unternehmen könne. Ihr Mitdenken meiner Lage samt Hilfsbereitschaft rührten mich sehr und nahmen mich für sie ein. Sie machte sich sogar häufig die Mühe, mich über das Verpasste auf dem Laufenden zu halten, so dass ich mich weniger ausgeschlossen fühlte. Meine Freundschaftsbilanz, seit ich Mutter geworden bin, fällt also gar nicht nur negativ aus. So habe ich durch meine Tochter einige neue Freund*innen hinzugewonnen, etwa aus der Kita und der Schule. Ganz frei von „Nutzen" sind natürlich auch diese Elternfreundschaften nicht, da sie zumeist auf gegenseitiger Unterstützung und Beratung bei Schul- oder Erziehungsproblemen basieren. Da wir als Eltern jedoch in der Regel keine wechselseitigen Aktien im beruflichen Feld des jeweils anderen haben, können diese Freundschaften vergleichsweise uneigennützig ausfallen. Man hilft und unterstützt sich gegenseitig, ohne sich einen beruflichen Nutzen davon zu versprechen. Die anderen Eltern bringen einen karrieretechnisch nicht weiter, wobei der Kontakt zu ihnen in einer „Kontaktwelt" natürlich auch einen Gewinn darstellen kann. Mit Blick auf das neoliberale Ideal eines möglichst breit gefächerten und hochgradig diversifizierten freundschaftlichen Netzwerkes sind solche Elternfreundschaften dann doch wieder Gold wert. Denn durch sie dringt man möglicherweise in andere Milieus und berufliche Sphären vor, die einem ansonsten verschlossen geblieben wären.

5.9.2020

Während sich meine Freundschaften mit anderen Eltern als erstaunlich stabil erwiesen haben (mit dem näher rückenden Ende der Schulzeit meiner Tochter könnte sich dies allerdings ändern), sind einige meiner Freundschaften zu Künstler*innen eher schleichend zugrunde gegangen. Es fällt mir schwer, zu rekonstruieren, warum genau sie auseinandergebrochen sind. Manchmal waren es die neuen Lebenspartner*innen, mit denen ich mich nicht anfreunden konnte – umgekehrt ging es meinen Freund*innen wahrscheinlich ebenso. Oder aber wir drifteten in weltanschaulicher Hinsicht auseinander. Als zwei meiner Künstlerfreundinnen beispielsweise ihren Rückzug aus dem Kunstbetrieb antraten, hielt ich das für einen strategischen Fehler. Ich konnte nachvollziehen, dass sie sich den harten Umgangsformen dort nicht länger aussetzen wollten und in der Isolation Schutz suchten vor dem unerbittlichen Wettbewerb. Da ich mich diesen Bedingungen jedoch weiterhin zu stellen beschlossen hatte und in diesem Rahmen reüssieren wollte, entfernten sich unsere Lebensrealitäten voneinander. Wir hatten zuerst weniger, dann irgendwann gar nichts mehr miteinander zu tun. Aus meiner Sicht hatten sie sich in ein (imaginäres) Außerhalb begeben, was sich nicht nur positiv auf ihre künstlerische Produktion auswirkte. Andere Kunstbetriebsfreundschaften waren an unüberbrückbar gewordenen politischen Differenzen gescheitert. Nach der Wahl Trumps in den USA fiel mir speziell der Umgang mit jenen Künstlerfreund*innen schwer, die beharrlich am libertären Selbstverständnis einer transgressiven, alle Regeln durchbrechenden Bohème-Type festhielten. Speziell ihre Freiheit, mit sozialen Konventionen zu brechen, wollten sie sich augenscheinlich nicht nehmen lassen. Sie beharrten darauf, ein *damaged subject* zu sein, das gegebenenfalls lügt oder sich anderweitig pathologisch verhält. Nur steht ein derartiges Freiheitsverständnis in der Trump-Ära längst unter anderen Vorzeichen. Sich an keine Regeln zu halten und sich wie ein Berserker aufzuführen ist schließlich Trumps Markenzeichen, wobei dessen Bruch mit Normen eine antidemokratische Stoßrichtung hat und zumeist auf Kosten von anderen (Schwächeren) geht. Man müsste also zwischen fragwürdigen Regelverstößen à la Trump und durchaus verteidigungswürdigen nonkonformistischen *künstlerischen* Strategien unterscheiden, bei denen es um den notwendigen Bruch mit bestimmten, situativ vorherrschenden Konventionen geht. Es steht jedoch fest, dass die Freiheiten, die sich Macho-Berserker-Künstler von Polke bis Kippenberger nahmen, heute in einem anderen Licht betrachtet werden müssen – eine Einsicht, der sich einige meiner freiheitsliebenden Künstlerfreund*innen jedoch verschließen. Sie klagen häufig darüber, dass man heute ja gar nichts mehr sagen könne. Auf diese Weise greifen sie (oft unbewusst) einen Topos der Rechten auf, der die imaginäre Vorherrschaft der „Political Correctness" beschwört. In Wahrheit kann davon keine Rede sein. Im Gegenteil: AfD-Mitglieder und Corona-Leugner*innen können ihre Überzeugungen fröhlich in die Welt hinausposaunen. Wenn mir ein Künstlerfreund unter diesen Bedingungen mitteilt, dass er keine Rücksicht mehr auf die seine Arbeit angeblich einschränkenden Sprachregeln nehmen wolle, versuche ich ihm mit Engelszungen klarzumachen, dass einige dieser Normen, etwa die, niemanden mit seinen Äußerungen zu verletzen, aus gutem Grund errichtet worden sind. Außerdem können Künstler*innen immer noch weitaus mehr Freiheiten für sich in Anspruch nehmen als manch andere. Sie arbeiten vergleichsweise selbstbestimmt und als Ergebnis dieser Arbeit können sie ein Produkt vorweisen, das ihnen gehört, weil sie Autorschaft dafür beanspruchen – ein Privileg, von dem zum Beispiel die Kreativarbeiter*in eines Start-ups nur träumen kann.

Der derzeit häufig formulierte Befund einer Polarisierung der politischen Verhältnisse lässt sich auch auf meinen Freundeskreis übertragen. Auch hier dominierte in letzter Zeit der Trend zu Lagerbildung, zum Schwarz-Weiß-Denken und zu einer Politik der geschlossenen Türen, die nur noch Freund oder Feind kennt. Auch jene, die vor Kurzem noch in regem und kontroversem Austausch standen, wechseln inzwischen kein Wort mehr miteinander. Für einen derart unversöhnlichen Umgang unter Freund*innen gibt es allerdings zahlreiche historische Vorläufer, so etwa die Schriftsteller Albert Camus und Francis Ponge, deren Freundschaft auseinanderging, weil Camus Ponges Selbstverständnis als Kommunist nicht ertragen konnte. Er distanzierte sich von ihm. Die Korrespondenz brach ab, weil Camus die Briefe von Ponge unbeantwortet ließ, wie im Briefwechsel zwischen den beiden nachzulesen ist. Dass Camus nicht dazu in der Lage war, mit Ponge über ihre politischen Differenzen hinweg im Austausch zu bleiben, ist besonders verstörend.

Auch meine Versuche, mich mit Leuten an einen Tisch zu setzen, die kurz zuvor noch einen freundschaftlichen Austausch miteinander pflegten und sich nun aus politischen Gründen überworfen hatten, sind kläglich gescheitert. Die Fronten schienen verhärtet, alle wirkten wie eingebunkert in ihrer Position. Wer den anderen auf politischen Irrwegen glaubt, möchte sich auf eine Diskussion mit ihm gar nicht erst einlassen. Zwar denke ich auch, dass es ein politischer Fehler wäre, etwa mit den vielbeschworenen „Rechten“ zu reden, da der geteilte Bezugsrahmen für eine solche Diskussion fehlt. Aber unter progressiven Linken und Linksliberalen sollte ein Gespräch doch möglich sein.

6.9.2020

Mit einigen meiner männlichen Künstlerfreunde musste ich allerdings auch aufgrund ihres misogynen Verhaltens mir gegenüber den Kontakt abbrechen – ich konnte sie schlicht kaum mehr ertragen. Denn in den Begegnungen mit mir ließen sie mich auf subtile Weise spüren, dass sie mich – weil als Frau identifiziert – im Grunde nicht als gleichwertiges Gegenüber betrachteten. Zwar blieben sie stets höflich, manchmal sogar übertrieben devot mir gegenüber. Doch es schien ausgeschlossen, dass sie sich jemals öffentlich auf meine Arbeit beziehen würden. Nach außen hin referierten sie zumeist auf ihre männlichen Kollegen. Dies galt umso mehr, wenn Macht oder Einfluss auf dem Spiel standen. In solchen Situationen konnte man Gift darauf nehmen, dass sie konsequent nur ihre männlichen Buddies förderten und unterstützten. Als Fixsterne in ihren künstlerischen Universen dienten ihnen letztlich ausschließlich Männer.

Entsprechend musste ich mir von anderen hintenherum anhören, dass sie meine Theorien, etwa über den Wert der Kunst, eher „rührend“ fanden. Zwar realisierte ich, dass ihre herablassende Haltung mir gegenüber aus psychoanalytischer Sicht ihre Methode war, die Bedrohung durch die „phallische Frau“ abzuwehren. Irgendwann war ich es jedoch leid, mich auch noch in ihre Kastrationsängste hineinversetzen zu müssen, zumal sich diese ja aggressiv gegen mich richteten. Ich reduzierte den Kontakt zu ihnen auf das in beruflicher Hinsicht notwendige Minimum und hörte auf, mich an ihnen zu orientieren. Sobald sie keinen Bezugspunkt mehr für mich darstellten, konnten dann plötzlich Zeichen und Wunder geschehen – so zuletzt anlässlich einer zufälligen Begegnung mit einem Schriftstellerfreund, der sich zuvor nie für meine Bücher interessiert, sie vielmehr konsequent ignoriert hatte. Für mich hingegen waren seine Romane in jungen Jahren eine wichtige Referenz. Nun teilte er mir plötzlich mit, wie gut ihm doch mein letztes Buch gefallen habe. Vielleicht hat es ihm erst mein Ausstieg aus meinen ödipalen Bezügen ermöglicht, mir als ebenbürtiger Autorin zu begegnen?

Mich von Männern wie diesem renommierten Schriftsteller oder für mich bedeutenden Malern oder Kritikerkollegen wegorientiert, wenn nicht sogar losgesagt zu haben, war aber auch mit gewissen Risiken verbunden. Ich musste befürchten, dass sie von nun an gegen mich agieren würden, denn ich gehörte offenkundig nicht mehr zu ihren Bewunderern. Angesichts der seit der Nachkriegszeit gestiegenen Bedeutung der Bestätigung durch andere kann es fatale Folgen haben, wenn man diese verweigert. Der Soziologe David Riesman hat in *Die einsame Masse* das Aufkommen eines „außengeleiteten Charakters" in der Konsumgesellschaft konstatiert, der sich verstärkt auf andere hin orientiert und deren Bestätigung benötigt. Wenn sich diese anderen – potenzielle Bestätigungsinstanzen – nun zurückziehen, ist dies für den außengeleiteten Charakter überaus bedrohlich. Er wird die Person, die ihm Bestätigung und Anerkennung verweigert, im Zweifel dafür bestrafen, indem er ihr nun seinerseits Steine in den Weg legt. Auch mein „Ich-Gefühl" leidet im Übrigen, wenn sich ehemalige Freund*innen von mir abwenden. Denn deren Bestätigung hat mir, trotz aller Probleme, Kraft gegeben, mich zusammengehalten. Außengeleitet zu sein bedeutet letztlich auch eine verstärkte Abhängigkeit von Freund*innen. Denn wenn sich diese entfernen und die ersehnte Bestätigung verweigern, bleibt man kraftlos, desorientiert und ausgelaugt zurück.

7.9.2020

Letzte Nacht habe ich wach gelegen und darüber nachgedacht, warum mir ausgerechnet in den letzten Monaten so viele Freundschaften weggebrochen sind. Hängt das womöglich mit dem enormen inneren Druck zusammen, unter dem wir alle in diesem Pandemiejahr stehen? Das Virus löst Ängste und Unsicherheiten aus, die schwer zu ertragen sind. Mit der daraus resultierenden Anspannung können wir vielleicht nur umgehen, indem wir sie auslagern, abspalten. Habe ich also meine eigenen pandemiebedingten inneren Nöte auf vermeintlich „schlechte" oder sich „enttäuschend" verhaltende Freund*innen verschoben und mich auf diese Weise vom unerträglich gewordenen inneren Druck befreit? In einer Pandemie sind die ambivalenten Gefühle, die wir unseren Freund*innen naturgemäß entgegenbringen, schwerer zu integrieren. Das Leben im „Lockdown" ist schon anstrengend genug, weshalb man alles, das einen noch zusätzlich belasten könnte – komplizierte Freundschaften zum Beispiel – möglichst loswerden möchte.

Die gegenteilige Entwicklung, dass die Menschen pandemiebedingt ihre Freundschaften mehr denn je pflegen, habe ich allerdings auch beobachtet. Es gibt Freund*innen, von denen ich lange nichts gehört habe und die sich jetzt häufiger nach meinem Befinden erkundigen. Auch mit meinen engeren Freund*innen ist der Kontakt intensiver geworden, da wir jetzt alle ein amputiertes Leben – ohne soziale und kulturelle Aktivitäten – führen. Trotz aller Unterschiede bezüglich der Lebensbedingungen hat diese Krise auch etwas Verbindendes. Per SMS geben wir uns gegenseitig Tipps, wie sich der Pandemiealltag besser bewältigen lässt, welche Filme, Online-Konzerte und so weiter sich lohnen, welche Yogakurse gut funktionieren.

Das Pandemiejahr hat bei mir also manchen Freundschaften ein Ende gesetzt, andere haben sich intensiviert, und es sind auch neue freundschaftliche Allianzen entstanden. Ich hatte mehr Zeit fürs Lesen und entdeckte zahlreiche Autor*innen wie Ilse Aichinger, Jhumpa Lahiri oder Tine Rahel Völcker, für deren nuancierte und selbstreflexive Haltung ich mich auch angesichts der pandemiebedingten Tendenz zur Spaltung begeistern konnte. Der Hang zur selbstgewiss-behauptenden besserwisserischen Pose hingegen, den ich bei einigen Autor*innen in meinem Umfeld beobachte, überzeugt mich mittlerweile nicht mehr. Zwar können es politische Konflikte erforderlich machen, dass man sich eindeutig positioniert. Wer dabei jedoch von vornherein glaubt, auf der richtigen Seite zu stehen, blendet die Widersprüche der eigenen Position aus. In der Pandemie fühle ich mich den eher tastend und behutsam vorgehenden Denkern à la Klaus Theweleit näher, die nicht vorgeben, den Durchblick zu haben. Statt also ein Machtwort zu sprechen, scheint es mir in dieser Krise angemessener zu sein, das mit ihr verbundene Gefühl von Kontrollverlust und Desorientiertheit anzusprechen. Sich nicht als ein souveränes und kohärentes Subjekt auszugeben, muss allerdings nicht auf eine kokette Form der Selbstreflexion hinauslaufen. Ich denke, es ist möglich, Zweifel und Unsicherheiten zuzulassen und dennoch eine klare Position zu beziehen. In der Pandemie sind mir Stellungnahmen lieber, die die Vorläufigkeit und Anfechtbarkeit der eigenen Position unterstreichen.

Mehr denn je ist es für mich der Ton, der in Texten die Musik macht: Auf selbstgewisse Stimmlagen und totalisierende kulturkritische Analysen im Behauptungsgestus reagiere ich mittlerweile geradezu allergisch, während mir das Tentative, die vorläufigen Hypothesen und die vorsichtigen Schlussfolgerungen besser gefallen. Und anders als früher, als ich eher aversiv auf das Auftauchen eines „Ichs“ in wissenschaftlichen Texten reagierte, scheint mir die Ich-Form inzwischen ein probates Mittel zu sein, mit dem sich das existenziell Einschneidende dieser Krise fassen lässt. Über die Lage im Allgemeinen zu spekulieren, hat hingegen oft etwas unangenehm Anmaßendes. Mir gefällt es besser, wenn sich Autor*innen in dieser Lage situieren und die Bedingtheit des eigenen Schreibens offenbaren.

8.9.2020

Seitdem der erste „Lockdown“ mit Schließungen sämtlicher Kultureinrichtungen im März verhängt wurde, haben speziell die Freelancer in meinem Freundeskreis (freie Schauspieler*innen, DJs und so weiter) mit massiven Existenzängsten zu kämpfen. Eine von ihnen beschwerte sich bei mir darüber, dass ihre finanziell abgesicherten Freund*innen kaum Verständnis für ihre Situation aufbrächten. Statt empathisch auf ihre Sorgen und Nöte einzugehen, würden sie nur die Bedrohtheit *ihres* Lebensstils thematisieren. Dass die Lasten der Pandemie ungleich verteilt sind, ignorieren auch einige meiner wohlhabenderen Freund*innen – sie denken vielmehr darüber nach, wie sie ihre Urlaubspläne *against all odds* realisieren können. Eine Alternative wäre es, ihren schlechter gestellten Freund*innen zu helfen. Die Pandemie lässt Egozentrik und Selbstbezogenheit deutlicher denn je hervortreten. Sie erzeugt Trennlinien im Freundeskreis und führt zu neuen Spaltungen. Während zum Beispiel meine Kolleg*innen aus Academia die durch den Wegfall von Terminen und Vorträgen gewonnene Schreibzeit durchaus genießen können, stehen andere (etwa Restaurant- oder Boutiquenbesitzer*innen) vor den Trümmern ihrer Existenz. Und es entsteht eine weitere Kluft zwischen meinen Freund*innen mit Familie: Auf der einen Seite gibt es jene Eltern, die wie ich das Glück haben, dass der Online-Unterricht für ihre Kinder gut funktioniert. Da meine Arbeit ohnehin im „Homeoffice" stattfindet und meine Tochter von morgens um 9 bis nachmittags um 4 beschult wird, kann ich wie gewohnt arbeiten. Auf der anderen Seite gibt es jene Eltern, die die Lehrer für ihre Kinder ersetzen müssen, weil der Online-Unterricht nicht klappt. Da sie zusätzlich auch noch arbeiten müssen, stehen sie unter enormem Druck und sind am Rande der Erschöpfung. Einen erheblichen Unterschied macht es zudem, ob man als Single oder in einer Beziehung / Familie lebend die Pandemie übersteht. Die Freund*innen, die keine*n Partner*innen haben, sehen sich aufgrund der Kontaktverbote mit Einsamkeit „bestraft". Traditionelle Lebensformen hingegen werden belohnt, es sei denn, man hat das Pech, in einer unglücklichen Ehe oder in einer dysfunktionalen Familie zu leben. Bei einer Freund*in von mir kam es aufgrund des dauerhaften Aufeinander-Hockens zu Hause erst zu Streitigkeiten und schließlich zu häuslicher Gewalt. Der pandemiebedingt nicht mehr auswärts arbeitende Mann schlug zuerst seine Frau und dann die Kinder. Zum Glück hat meine Freundin sogleich die Polizei und das Jugendamt informiert; ihr Ehemann darf sich inzwischen seinen Kindern nicht mehr nähern, und wir – ihre Freundinnen – haben eine Art Unterstützerinnennetzwerk gebildet, um ihr zu helfen. Andere Familien und Patchwork-Familien hingegen, die wie die meinige trotz gelegentlicher Konflikte in relativer Harmonie leben, können ihr familiäres Glück im Lockdown genießen.

Derartige Differenzen in der Lebenssituation, die sich zuvor unter Freund*innen überspielen ließen, können in einer Pandemie dramatische Folgen haben, weshalb sie sich schwer überbrücken lassen. Wer es schlecht getroffen hat, möchte nicht ständig von seiner*ihrer Freund*in vorgeführt bekommen, wie viel besser es sich in einer Pandemie lebt, wenn man über eine*n Partner*in oder ein glückbringendes Zuhause verfügt. Als Folge der Pandemie festigen sich die Freundschaften zwischen denen, die sich in einer vergleichbaren Lage befinden, während die Überbrückung von „Differenzen" (auch im Umgang mit der Pandemie) in der Freundschaft schwerer fällt. Ich habe zum Beispiel derzeit weniger mit jenen Freund*innen zu tun, die ihren Karibikurlaub trotz Lockdown um jeden Preis realisieren möchten. Mehr verbindet mich augenblicklich mit jenen, die wie ich vergleichsweise privilegiert am Schreibtisch sitzen und ihre Arbeit auch ohne äußere Anlässe zu machen versuchen. Auch mir schlägt diese Krise – vor allem der Verlust jeglichen öffentlichen sozialen Lebens – aufs Gemüt. Ohne äußere Impulse wie gemeinsame Abendessen mit Freund*innen oder Diskussionen mit Kolleg*innen im Anschluss an Konferenzen fällt es mir schwer, meine Schreibprojekte, auch das vorliegende, diszipliniert durchzuziehen. Der Soziologe Hartmut Rosa hat neulich im Deutschlandfunk zu Recht darauf hingewiesen, dass Kontakte zu anderen Menschen *Energie* erzeugen, Energie, die mir im Moment für meine Vorhaben tatsächlich fehlt. Der Energieverlust durch den ausbleibenden Austausch mit Freund*innen und Kolleg*innen wirkt sich dahingehend aus, dass ich mich eigentlich dauernd ausgelaugt und erschöpft fühle. Mangels unmittelbarer Resonanzräume will mir mein Tun – die sture Schreibarbeit im „Homeoffice" – zuweilen zwecklos erscheinen.

9.9.2020

In den ersten Monaten der Pandemie habe ich allerdings auch beobachtet, dass negative Affekte wie Neid oder Konkurrenzgehabe in meinem Freundeskreis förmlich außer Rand und Band gerieten. Dies mag zum einen daran gelegen haben, dass der zu verteilende Kuchen kleiner geworden war. Um die wenigen verbliebenen Aufträge und Gelegenheiten, Geld zu verdienen, wurde entsprechend mit härteren Bandagen gekämpft. Die Bereitschaft, für das eigene Fortkommen über Leichen zu gehen, schien mir stärker ausgeprägt. Wohl nie zuvor habe ich so viel unsolidarisches oder sogar feindseliges Verhalten Freund*innen und Kolleg*innen gegenüber erlebt. Die Pandemie fördert schlechtes Benehmen, da im Lockdown nicht damit zu rechnen ist, dass man diejenigen, die man schlecht behandelt hat, unvermittelt trifft. Dass in einer Pandemie auch auf sogenannte *friends* beherzt eingeschlagen wird, kann man vor allem in den Sozialen Medien beobachten. Online-Mobbing, Trolling und Hate Speech sind hier mehr denn je an der Tagesordnung. Denn auch beim Online-*friend* steht derzeit kaum zu befürchten, dass man ihn *away from desktop* trifft – es hält einen im Grunde nichts davon ab, ihn persönlich zu diffamieren.

Es ist die Struktur der Sozialen Medien, die dem Verfallen in ein Freund/Feind-Denken darüber hinaus Vorschub leistet. Denn es gibt hier nur zwei Möglichkeiten: Entweder die Aktivitäten der *friends* werden geliked oder abgelehnt. Für Zwischentöne, Nuancen und Ambivalenzen ist hier nicht der Ort. Dass die vehement abgelehnte Position nicht einfach durch und durch falsch, sondern in Teilen bedenkenswert sein könnte, lässt sich auf Facebook oder Twitter schwer vermitteln. Der vollständig abstrakt gewordene *friend* wird hier entweder übertrieben in den Himmel gelobt oder auf eine nicht minder überzogene Weise pauschal verdammt.

Angesichts der Beschränkung auf Like oder Dislike wünsche ich mir die Streitkultur der 1970er Jahre zurück, als zwar auch nicht alles Gold war – man denke nur an die Dominanz von (zumeist rauchenden) sexistischen weißen Männern –, aber wenigstens produktive Auseinandersetzungen miteinander geführt wurden. Es war möglich und denkbar, seinem Opponenten oder seiner Opponentin in manchen Punkten recht zu geben, in anderer Hinsicht jedoch nicht. Aber Facebook & Co. lassen bewusst keine Graustufen zu, weil komplexe Kommentare nicht wie Likes als quantifizierbare Währung (der Auf- und Abwertung) funktionieren. Die nur abstrakte Existenz der Online-*friends* macht es einem zudem leicht, dem Impuls zur Spaltung nachzugeben. Die Sozialen Medien scheinen mir daher ein gefährliches Pflaster für Freundschaften zu sein. Schon ein falsch gesetztes oder fehlendes

Like kann nachhaltige Verstimmungen bei den *friends* bewirken. Ich hörte von Freundschaften, die zugrunde gingen, weil ausbleibende Likes als Zeichen einer Freundschaftsbeendigung gelesen werden.

10.9.2020

Da sich alle Welt derzeit hauptsächlich in den Sozialen Medien aufzuhalten scheint, rufen sich mir die Vorzüge einer physischen Gegenwart des anderen in Erinnerung. Hätten die *Hater* die online gemobbte Person unmittelbar vor sich, dann würden sie möglicherweise realisieren, dass sie sie im Grunde ganz sympathisch finden. Auch Missverständnisse, wie sie im Zuge von Online-Disputen zuhauf produziert werden, lassen sich im direkten Gespräch leichter ausräumen. In dieser Zeit von abwesenden Freund*innen (und Feind*innen) realisiere ich mehr denn je, dass sie alle irgendwie ein Teil von mir sind, ich führe sie gleichsam mit mir. Zu diesem Thema der abwesend-anwesenden Freund*innen findet sich in Derridas *Politik der Freundschaft* ein interessanter Verweis auf Heideggers Rede von einem „Dasein, das den Freund bei sich trägt". Wobei ich zugeben muss, dass ich jedes Mal innerlich aufstöhne, wenn ich in Derridas anregendem Freundschaftsbuch ausschließlich auf männliche (und politisch oft fragwürdige) Denker wie Heidegger, Carl Schmitt oder Nietzsche stoße. Bei aller Heidegger-Skepsis finde ich sein Daseinskonzept im Freundschaftszusammenhang dennoch anregend. Dieses Dasein ist bei Heidegger eines, in das der Freund (hier natürlich wieder nur männlich gedacht) prinzipiell eingelassen ist. Der Freund grundiert es also, er ist ihm inhärent. Unser derzeitiges Dasein unter den Bedingungen einer Pandemie mit ihren Kontaktverboten wäre Heidegger wahrscheinlich als ein unvollständiges, amputiertes Dasein erschienen, weil die Freund*innen abwesend sind. Zu Beginn des ersten Lockdowns im März dieses Jahres wurde schließlich die Devise ausgegeben, dass es ein Zeichen von Freundschaft sei, die Freund*innen zu meiden, sie also aus unserem Leben / Dasein zu verbannen. Ich frage mich vor diesem

Hintergrund, ob wir unsere Freund*innen tatsächlich sehen müssen, damit sie in unser „Dasein" eintreten können. Oder sind sie auch als Abwesende ein Teil davon? Bei Aristoteles findet sich ein starkes Plädoyer für den*die *anwesende*n* Freund*in: Seine*ihre unmittelbare Präsenz war für ihn die Bedingung von Freundschaft. Nur wird dieses Anwesenheitspostulat in einer Pandemie durch das Gebot der Kontaktvermeidung eben auch ausgehöhlt. Ohnehin scheint mir die aristotelische Vorstellung einer auf physischer Anwesenheit basierenden Freundschaft hoffnungslos vormodern zu sein, da sie die medial vermittelte Freundschaft nicht mitdenkt (allen voran die Brieffreundschaft, die es zu Aristoteles' Zeiten naturgemäß noch nicht gab). Mit Derrida und gegen Aristoteles könnte man unter den Bedingungen eines Lockdowns für ein dekonstruktives Freundschaftsverständnis plädieren, bei dem Abwesenheit und Distanz großgeschrieben werden. Nur fällt man auf diese Weise auch von einem Extrem ins andere: Statt Präsenz wird nun Abwesenheit zur Freundschaftsbedingung erklärt.

Zwar gibt es zahlreiche Freundschaften, die – wie von Derrida imaginiert – ohne die physische Anwesenheit des Freundes auskommen, so etwa die sogenannte „Fernbeziehung" (die sich, nebenbei bemerkt, in einer Pandemie aufgrund von erschwerten Reisebedingungen nicht so leicht verwirklichen lässt). In den Wochen des Lockdowns zeigten sich aber auch die enormen Vorzüge der körperlich anwesenden Freund*innen, deren Präsenz allenthalben schmerzlich vermisst wurde. Es scheint derzeit also eher das Freundschaftskonzept von Aristoteles als das von Derrida zu greifen: Freundschaft braucht physische Präsenz. Wird diese unmöglich gemacht, sehnen wir uns umso mehr nach ihr. Ein beredtes Bild dieser Sehnsucht gaben für mich jene Freundespaare ab, die während des Lockdowns bei jedem Wetter durch den Berliner Tiergarten spazierten. Aufgrund der verhängten Kontaktsperren stellten diese Treffen im Freien die einzige Möglichkeit dar, sich zu sehen. Die Unbequemlichkeit eines rastlosen Umherlaufens in der Kälte nahm auch ich bereitwillig in Kauf, weil ich meinen Freund*innen auf diese Weise körperlich nah sein konnte. Nebeneinander spazierend konnten wir unmittelbarer aufeinander eingehen, uns wirklich begegnen. Nach meinen diversen Lockdown-Spaziergängen mit unterschiedlichen Freund*innen kehrte ich denn auch stets beglückt und erfüllt nach Hause zurück.

11.9.2020

Wie alle anderen habe auch ich im Zuge dieser Pandemie mehr Zeit denn je zu Hause verbracht (mit „alle anderen" meine ich hier diejenigen, die überhaupt über ein Zuhause verfügen).* Aufgrund des Wegfalls von zahlreichen meiner beruflichen Verpflichtungen hätte ich eigentlich mehr Zeit denn je haben sollen. Ich nahm mir vor, die gewonnene Zeit produktiv für mein Schreiben zu nutzen, wodurch ich mich enorm unter Druck setzte. Jeden Morgen verzögerte sich der Schreibbeginn dadurch, dass ich ständig zwanghaft die neuesten Corona-News checkte. Statt dann gleich loszulegen, galt es nun, die lähmende Angst zu überwinden, die mir die täglichen Berichte von steigenden Infektionszahlen und Toten einflößten. Mein Schreiben kam nur schleppend in Gang. Schon beim bloßen Gedanken an die vielen leidenden und sterbenden Menschen auf den Intensivstationen stockte mir der Atem, und ich fragte mich, was für einen Sinn ein Buch über Freundschaft unter derartigen Bedingungen überhaupt haben könnte. Aufgrund meiner Erfahrung mit früheren (persönlichen) Krisen wusste ich aber auch, dass ich in solchen Situationen stur an meinem Arbeitsvorhaben festhalten muss. Das tägliche Schreibritual verleiht dem aus den Fugen geratenen Leben ein wenig Struktur. Irgendwann zieht mich der Text in seine eigene Logik hinein und lässt mich die deprimierende Außenwelt für einen Moment ausblenden. Im selben Maße, wie mich die Pandemie lähmt, treibt sie mich auch an. Denn wenn jeder Atemzug, jede Begegnung mit einem anderen potenziell

* Und ich schließe diejenigen *essential workers* aus, die wie das Krankenhauspersonal Überstunden außer Haus machen müssen.

tödlich ist, dann tue ich wohl gut daran, mein „Werk“ zuvor unter Dach und Fach zu bringen. Ich arbeite also weiter an diesem Buch, als könnte ich das Virus schreibend überlisten.

Dessen existenzielle Dimension zwingt mich allerdings auch, meine persönliche und familiäre Lebenssituation genauer in den Blick zu nehmen. Möchte ich wirklich so leben, und welche Beziehungen sind angesichts der Krise noch stimmig? Passend dazu war in den Zeitungen zu lesen, dass zahlreiche Liebesbeziehungen und Ehen im Zuge des ersten Lockdowns zu Bruch gegangen seien. Die ständige räumliche Nähe habe dazu geführt, dass die Partner*innen ihre eigentlich vorhandene Abneigung füreinander nicht länger zu verhehlen vermochten, sie *mussten* sich trennen. Eine befreundete Familienanwältin erzählte mir in diesem Zusammenhang von sich häufenden Scheidungsanträgen auch in ihrer Kanzlei. Die Menschen würden zuerst ihre Schränke und ihre Keller ausmisten, um anschließend ihre Ehen (und Partnerschaften) auf den Prüfstand zu stellen. Von einer vergleichbaren Entschlossenheit zum „Inventurmachen“ wurde auch ich gepackt, wobei es nicht meine Familie traf, mit der ich zum Glück erfüllende Lockdown-Stunden erlebte. Es waren vielmehr meine Freundschaften, die es genauer unter die Lupe zu nehmen galt. Ich realisierte, dass ich an einigen meiner langjährigen Freundschaften viel zu lange festgehalten hatte, obgleich mir regelmäßig Kränkungen und Verletzungen zugefügt worden waren. Allerdings hatte ich zur destruktiven Dynamik dieser Freundschaften auch selbst beigetragen. Ich ging die Situationen durch, in denen ich meinerseits die Freund*innen vor den Kopf gestoßen oder ungewollt verletzt haben könnte. Und ich machte mir den Vorwurf, an diesen unguten Freundschaften aus unreflektierter emotionaler Anhänglichkeit festgehalten zu haben. Womöglich hatte ich diese Freundschaften auch deshalb einfach weitergeführt, weil sie mich beruflich in einem sozialen Kontext verorteten, aus dem ich nicht herausfallen wollte. In der Abgeschiedenheit meines Lockdown-Lebens zog ich verschiedene Abbruchszenarien in Erwägung: Ich könnte die Freundschaften einfach so auslaufen lassen, mich wortlos aus ihnen zurückziehen oder ein letztes, klärendes „Schluss-mach-Gespräch“ führen.

Letzteres, die zur Trennung führende Aussprache, würde Mut erfordern, das haben meine früheren Versuche mit Peter gezeigt. Mehrmals habe ich Anlauf genommen, ihm – meinem langjährigen Künstlerfreund – mitzuteilen, dass ich unter seinem Verhalten manchmal leide, dass ich zum Beispiel einige Bemerkungen von ihm als verletzend empfinde. Peter reagiert jedoch zumeist allergisch auf solche Offenbarungen, und wenn ich zudem noch Gefühle artikuliere, kann er geradezu feindselig werden. Dass ich mich überhaupt ihm gegenüber öffne, löst womöglich Ängste und Abwehrreaktionen in ihm aus. Sind diese Ängste der Grund dafür, dass er jedes Mal aggressiv wird, wenn ich meine Probleme mit unserer Freundschaft anspreche? Oder gelingt es mir einfach nicht, die richtigen Worte für eine Aussprache zu finden, liegt es also an mir, dass wir nicht über uns reden können? Eine erneute „Stunde der Wahrheit“ fürchte ich auch deshalb, weil wir jahrelang einen unausgesprochenen Pakt hatten: Die Freundschaft selbst, respektive mögliche Irritationen oder Enttäuschungen über den*die andere*n, durften niemals zum Gesprächsgegenstand gemacht werden. Dafür sprachen wir stets ausführlich über alles andere. Und ich schätzte diese Gespräche mit Peter ungemein, genoss vor allem die analytische Schärfe, mit der er die Machtverhältnisse und Konsensbildungen im Kunstbetrieb kommentierte. Es war immer ungeheuer inspirierend, witzig und wohltuend, sich mit ihm über das aktuelle Kunstbetriebsgeschehen auszutauschen. Nur neigten wir eben auch dazu, das darunter Schwelende – Enttäuschungen oder Irritationen – unter den Teppich zu kehren. Über alles konnten wir gut sprechen, nur nicht über unser Verhältnis. Und dieser Maulkorb, den wir uns unausgesprochen gegenseitig verhängt hatten, machte mir zunehmend zu schaffen.

Vor dem endgültigen Bruch mit Peter scheue ich auch deshalb zurück, weil ich damit dem mir stets verhassten Diktum der Ratgeberkultur folgen würde, dass man diejenigen sofort verlassen solle, die einem „nicht guttun". Dieses Diktum ist mir stets suspekt gewesen: Denn wenn man das wechselseitige Guttun zum maßgeblichen Kriterium der gelungenen Freundschaft erklärt, dann wird die Freundschaft einmal mehr nur über ihren Nutzen definiert. Ihr Nutzen soll darin bestehen, dass sie einem „guttut". Und sobald das nicht mehr der Fall ist, hat sie ihren Nutzen verloren und muss beendet werden. So instrumentell und selbstbezogen möchte ich nicht mit meinen Freundschaften verfahren, zumal es erstens zahlreiche Situationen gegeben hat, in denen mir das Zusammensein mit Peter ausgesprochen gutgetan hat. Und zweitens schätzte ich Peter häufig gerade dafür, dass er mir *kein* gutes Gefühl gab, mich also herausforderte oder mir Wahrheiten zumutete, die ich nur ungern hörte. Die Ratgeberkulturmaxime der guttuenden Freundschaft schließt eine solche Option jedoch aus: dass die Freundschaft auch Negatives und Destruktives umfasst. Sie hat nur „gut" zu sein, sonst ist sie „böse" und muss entsprechend entsorgt werden. Müsste ich vor diesem Hintergrund nicht einfach nur ambiguitätstoleranter werden und die für mich zuweilen schwer erträgliche Freundschaft mit Peter schlicht aushalten? Oder wird eine rote Linie immer dann überschritten, wenn ich gekränkt und entmutigt aus einem Treffen mit ihm herausgehe? Ich bin offenkundig noch nicht dazu bereit, diese Freundschaft für tot zu erklären, obwohl sie mich hin und wieder quält.

12.9.2020

Dass pandemiebedingt derzeit viele zu Hause sitzen und sich verstärkt in den Sozialen Medien aufhalten, habe ich bereits notiert. Positiv betrachtet sind Sozialen Medien mediale Plattformen, die Verbindungen schaffen und marginalisierten Positionen zu einer Stimme verhelfen – man denke hier nur an ethnische Minderheiten oder LGBTIQ-Personen. Auch bei den Opfern von sexueller Belästigung in der #MeToo-Bewegung war es so, dass sie sich auf Facebook oder Twitter endlich Gehör verschaffen konnten. Zugleich steigt in dieser Sphäre aber die Bereitschaft, andere, darunter auch *friends*, persönlich anzugreifen und zu diffamieren. Die psychischen Verheerungen, die derartige Hate-Posts bei den Betroffenen auslösen, lassen sich hier bequem ausblenden. Wenn ich „psychische Verheerungen" sage, dann weiß ich, wovon ich spreche. In den letzten Jahren bin ich zur Zielscheibe von Cyber-Mobbing geworden, sei es, dass jemand entstellte Fotos von mir als Leiche auf Instagram postete, sei es, dass aus dem Zusammenhang gerissene Stellen aus einem Gespräch von mir in diffamierender Weise zitiert wurden. Mit den Leichenbildern von mir lebte deren Erschaffer wahrscheinlich eine Vernichtungsfantasie aus – die als „übermächtig" empfundene Frau musste getötet, ausgelöscht werden. Etwas anderes hatte der Facebook-*friend* mit dem verkürzt wiedergegebenen Zitat im Sinn: Er wollte schlicht meine Arbeit delegitimieren. Natürlich kann solchen Posts auch ein konkreter Anlass vorausgehen – ein Verhalten oder eine Äußerung von mir, die als fragwürdig empfunden wurden. Nur demonstrieren sie in ihrer Drastik, dass es dabei nicht um eine kritische Auseinandersetzung mit meiner Arbeit, sondern um eine Beschädigung meiner Person geht. Wobei, vielleicht ist es auch umgekehrt: Meine Arbeit wird (aus guten Gründen) kritisch gesehen, nur stellen die Sozialen Medien keinen angemessenen Rahmen für diese kritische Auseinandersetzung zur Verfügung. Hier kippt Kritik zumeist in persönliche Diffamierung.

Einer der Böden, auf dem gehässige Posts meiner Therapeutin zufolge prächtig gedeihen, ist einmal mehr der Neid. Die Texte von Melanie Klein sind in dieser Hinsicht aufschlussreich. Nach Klein artikuliert sich im Neid letztlich ein Vernichtungswunsch, der sich auf die Schaffenskraft der Beneideten richtet: Diese gilt es zu zerstören. Dass mich die erwähnten Posts im Grunde mundtot machen und mir meine Lebenskraft rauben sollten, spürte ich deutlich durch die Art und Weise, wie sie mich nicht nur psychisch, sondern auch physisch mitnahmen: Jedes Mal, wenn ich einen solchen Post entdeckt hatte, war ich anschließend wie vom Donner gerührt, betäubt, entkräftet und mutlos. Es bedurfte immer wieder aufs Neue einer unglaublichen Anstrengung, aus dem durch sie ausgelösten Tief wieder herauszukommen und mir meinen Elan zurückzuerobern. Ich sagte mir jedes Mal, dass ich mir meinen Lebensmut von solchen (zumeist männlichen) „Kläffern" nicht rauben lassen darf. Leichter gesagt als getan.

13.9.2020

Kürzlich las ich den Briefwechsel zwischen Hannah Arendt und Mary McCarthy aus den 1950er und 1960er Jahren. Sie waren *best friends* und beide mit dem Schreiben befasst, Arendt als Philosophin, McCarthy als Schriftstellerin. Ihr Briefwechsel ist für mich ein berührender Beleg dafür, dass sich die vorbildlichen Freundschaften im 20. Jahrhundert weniger bei männlichen Freundespaaren, wie noch von Derrida vermutet, sondern bei Frauen finden (respektive bei denjenigen, die sich als Frauen identifizieren). Wobei „Freundschaft" im Falle von Frauenfreundschaften oft durch ein hohes Maß an Fürsorge charakterisiert ist, also durch ein traditionell als „weiblich" konnotiertes Verhalten. Janosch Schobin zufolge sind derart feminisierte Freundschaften, wie sie auch Arendt und McCarthy führten, inzwischen zum Leitbild der Freundschaft generell aufgestiegen. Freundschaften hätten demnach heute fürsorglich zu sein, sonst würden sie das Prädikat „Freundschaft" nicht verdienen.

Nun mag sich die Norm der fürsorglichen Freundschaft in einigen Bereichen der Gesellschaft, wie von Schobin beobachtet, durchaus durchgesetzt haben. In meinem Milieu jedoch, der Welt der Kunst, sind auf Fürsorge basierende Freundschaften eher die Ausnahme. Es dominiert hier die Freundschaft als eine auf Nutzen zielende Kooperationsform. Wobei, auch mit Blick auf den Briefwechsel zwischen Arendt und McCarthy, eingeräumt werden muss, dass freundschaftliche Fürsorge und nutzenorientierte Kooperation durchaus ineinander übergehen können. Nicht nur haben sich die beiden Frauen in allen Lebenslagen (ob bei Liebeswirren oder in Trauerphasen) gegenseitig unterstützt, einander durch schwierige Situationen navigiert und der anderen Hilfe zukommen lassen, wenn sie diese benötigte. Auch in ihrem Berufsleben haben sie regelmäßig füreinander Partei ergriffen, sich öffentlich für die Arbeit der anderen stark gemacht. Wurde die eine massiv angegriffen wie etwa Arendt für ihr Eichmann-Buch, dann zögerte die andere nicht lange und publizierte sogleich eine Verteidigungsschrift. Der umgekehrte Fall trat ebenfalls ein: Als sich McCarthy anlässlich des Erscheinens von *The Group* mit sexistischen Beleidigungen durch Norman Mailer konfrontiert sah, griff Arendt sogleich zur Feder, um McCarthys Roman als Literatur zu verteidigen.

Ich frage mich jetzt natürlich, ob meine eigenen engeren Freund*innen und Kolleg*innen in vergleichbaren Situationen auf ähnliche Weise für mich in die Bresche springen würden. Das scheint mir derzeit eher unwahrscheinlich zu sein. Was Arendts und McCarthys wechselseitiges Engagement füreinander sicherlich erleichterte, war die Tatsache, dass zwischen ihnen *kein* unmittelbares Konkurrenzverhältnis bestand. Sie waren in unterschiedlichen Feldern unterwegs und kamen sich deshalb beruflich nicht in die Quere. Allerdings würde ich auch von den Freund*innen außerhalb meines beruflichen Kontextes eine vergleichbare Form der öffentlich manifestierten Unterstützung gar nicht erwarten.

Zu dieser Frage, ob bei öffentlichen Angriffen auf die eigene Person mit publizistischem Rückhalt seitens der Freund*innen zu rechnen wäre, habe ich kürzlich eine private Mini-Umfrage unter befreundeten Autor*innen gestartet. Ergebnis: Niemand hofft auf öffentliche Schützenhilfe durch die Freund*innen. Wenn das eigene Buch zum Beispiel auf unfaire Weise verrissen wird, dann erwartet man allenfalls Trost und Zuspruch auf privater Ebene. Was für Arendt und McCarthy noch selbstverständlich war – dass man öffentlich füreinander eintritt – scheint im heutigen Freundschaftsrahmen undenkbar geworden zu sein. Ich frage mich, woran das liegt. Warum kam keine meiner Freund*innen auf die Idee, mich anlässlich der jüngsten Cyber-Mobbing-Attacken zu verteidigen oder die (zumeist männlichen)

Angreifer wenigstens in ihre Schranken zu weisen? Ihre Zurückhaltung erklärten sie mir mit ihrer Befürchtung, dass eine Stellungnahme zu meinen Gunsten in den Sozialen Medien nur noch mehr Öl ins Feuer gießen und mir letztlich nur Schaden zufügen würde. Mit dieser Vermutung liegen sie wahrscheinlich richtig. Sie ändert aber nichts an meiner großen Sehnsucht nach Support: Dass mir endlich jemand beispringt und mich (auch öffentlich) verteidigt. An diesem Punkt muss ich mir allerdings auch eingestehen, dass ich selbst die ersehnte Unterstützung für andere nicht unbedingt leiste.

Diese Zurückhaltung, von der ich selbst nicht frei bin, scheint mir – neben den erwähnten Bedenken – noch einen tieferen Grund zu haben. Meine Freund*innen und Kolleg*innen sind ja nicht nur häufig meine Kooperationspartner*innen, wir stehen mitunter auch in einem Wettbewerbsverhältnis zueinander. Gehen Kooperation und Kompetition wie in Kai van Eikels' Konzept der Co-Competition ineinander über, dann kann dies im Extremfall darauf hinauslaufen, dass meine Kooperationspartnerin zu meiner Rivalin mutiert, vielleicht sogar zu meiner Feindin – eine Situation, auf die mit der bereits ins Treffen geführten Wortschöpfung *frenemy* hingewiesen wird. Wenn nun aber die meisten kooperativ-freundschaftlichen Verhältnisse von Konkurrenz durchzogen sind, dann sinkt womöglich die Bereitschaft, den Reputationsverlust der befreundeten Kollegin beherzt abzuwenden, indem man sich etwa öffentlich für ihre Arbeit stark macht. Denn strukturell gesehen hat man (zumeist unbewusst natürlich) ein viel größeres Interesse daran, dass die Konkurrentin durch die unabgewehrt bleibenden Angriffe auf ihre Arbeit ein wenig ins Hintertreffen gerät oder, im schlimmsten Fall, einen beträchtlichen Reputationsverlust erfährt. Auch deshalb halten sich meine Freund*innen / Kolleg*innen und ich womöglich eher zurück, wenn eine von uns online mit feindseligen Attacken drangsaliert wird. Die strukturellen Begebenheiten drängen zu einer Verhaltensweise, die meinen ethischen Ansprüchen an das eigene Handeln und an das meiner Freund*innen nicht genügt. Diese Spannung zwischen dem Eigennutz und dem Ideal einer selbstlosen Freundschaft auszuhalten fällt mir in diesen Tagen, in denen ich mich nach inniger Freundschaft sehne, besonders schwer.

14.9.2020

Seit einigen Monaten kommt es mir so vor, als würde sich Peter nun seinerseits von mir abwenden, sich mir und meiner Arbeit gegenüber zunehmend gleichgültig verhalten. Meinen Berichten über den Stand eines Textes hört er nur noch mit halbem Ohr zu; nie erkundigt er sich nach meinen Vorhaben, als wollte er gerade dadurch sein Desinteresse an ihnen bekunden. Kürzlich fiel mir ein Foto in die Hände, das uns beide in einer öffentlichen Diskussion zeigt, mich sprechend, ihn zuhörend. Der Gesichtsausdruck, mit dem er auf meine Ausführungen reagiert, scheint mir Bände zu sprechen, er wirkt fast schon höhnisch-herablassend, wenn nicht sogar abweisend. Oder bilde ich mir das alles nur ein, könnte meine Wahrnehmung dieses Fotos aufgrund meines grundlegenden Zweifels an seiner Loyalität hoffnungslos überzeichnet sein? Seit ich in den sogenannten „Wechseljahren“ bin, hat meine Empfindlichkeit ungeahnte Ausmaße angenommen. Mein früher ziemlich dickes Fell ist mir verloren gegangen, mittlerweile bin ich geradezu durchlässig geworden für die Aggressionen und negativen Schwingungen um mich herum. Daher ist es nicht unwahrscheinlich, dass ich bezüglich der Intensität von Peters Ablehnung übertreibe. Dennoch: Das Foto scheint mir eine deutliche Sprache zu sprechen.

Obgleich Peter in dem Gespräch nichts sagte, was etwa auf Aversionen gegen mich hingedeutet hätte, empfinde ich seine Körpersprache auf diesem Foto als verräterisch: Im Grunde scheint er Vorbehalte gegen mich und meine Arbeit zu haben. Oder hasst er mich vielleicht sogar insgeheim ein wenig?

Dass mein Verhältnis zu Peter unter diesen Umständen immer noch unter der Überschrift „Freundschaft“ steht, habe ich selbst zu verantworten. Jahrelang suchte ich den Austausch mit ihm, initiierte Verabredungen. Es gab Zeiten, in denen wir uns emotional sehr nahestanden, in denen wir einander durch unsere Liebes- und Lebenskrisen hindurchcoachten. Peter schrieb mir lange aufmunternde E-Mails, wenn ich mit Trennungsschmerzen kämpfte. Und auch ich unterstützte ihn in langen Telefonaten, als die langjährige Beziehung zu seiner Partnerin zerbrach. Peter ließ es nicht zu, dass ich mich in meinem Liebeskummer vergrub: Aus einer Sicht war es essenziell, dass ich meinen Arbeitsvorhaben höchste Priorität einräumte. Er ermutigte mich auch darin, mein Wohlbefinden nicht von meinem Liebesleben abhängig zu machen. Das Werk allein zählte aus seiner Sicht. Entsprechend lag auch der Schwerpunkt unserer Freundschaft eher auf dem Komplex „Arbeit / Karriere", weshalb unsere Treffen häufig den Charakter von Arbeitssitzungen annahmen, in denen Berufliches Punkt für Punkt abgearbeitet wurde. Oft ging es bei diesen Meetings um taktische Beratungen: Sollten bestimmte Einladungen angenommen oder abgelehnt werden, wie war strategisch mit den nicht abreißen wollenden Demütigungen und Missachtungen umzugehen, die uns im künstlerischen Feld widerfuhren? Peter stärkte mir auch dann den Rücken, wenn ich von den vielen sexistischen Diskriminierungen ganz mürbe geworden war. Im Rückblick will es mir dennoch so erscheinen, als wäre mein Einsatz für seine Karriere größer, meine Unterstützung seiner Arbeit bedingungsloser gewesen als sein Engagement für meine Belange. Er selbst würde dies wahrscheinlich anders sehen. Fest steht aber, dass wir inzwischen beide ein Stadium erreicht haben, in dem wir die Unterstützung des anderen nicht mehr so dringend benötigen. Damit will ich nicht sagen, dass unsere Karrieren jetzt vollständig „gesichert" wären – bekanntlich kann sich in der Spätmoderne niemand auf seinen Lorbeeren ausruhen, man muss sich immer wieder aufs Neue beweisen. Aber sowohl Peter als auch ich sind inzwischen so etabliert, dass unser Kampf um Aufmerksamkeit und Anerkennung ein wenig an Intensität verloren hat.

Es scheint mir deshalb kein Zufall zu sein, dass unsere Freundschaft ausgerechnet jetzt zur Disposition steht. Speziell Peter hat mit seinen Skulpturen ein Ausmaß an institutioneller Anerkennung erfahren, das meinen Einsatz für ihn überflüssig macht. Wenn ich es recht bedenke, habe ich seine Kunstproduktion stets mehr oder weniger vorbehaltlos unterstützt, während er meinen Texten oft mit eher dürren Worten der Skepsis begegnete, wie um mir deren Mangelhaftigkeit zu verdeutlichen. Den kulturellen Erzeugnissen unserer männlichen Kollegen hingegen brachte er weitaus mehr Respekt entgegen: Alles, was diese, ob Fotografen, Maler, oder Schriftsteller, produzierten, schien von ihm als etwas per se Bedeutungsvolles erachtet zu werden. Anders meine Textproduktion, an der es immer etwas auszusetzen gab. Es schien aus seiner Sicht von vornherein ausgeschlossen zu sein, dass meine Abhandlungen jemals das Niveau der Texte unserer männlichen Kollegen erreichen würden. Im Rückblick wundert es mich, dass mich Peters (mit Sicherheit unbeabsichtigte) regelmäßige Entwertung meiner Arbeit nicht resignieren ließ. Lob kam von ihm tatsächlich nur in Ausnahmefällen. Aber das Gegenteil trat ein, ich war nicht entmutigt, seine Kritik und Abwertung spornten mich an, es beim nächsten Text besser zu machen, noch gründlicher daran zu feilen. Dass Peter im Grunde nicht wirklich an mich glaubte (oder zu glauben schien), war gewissermaßen sein perverses Freundschaftsgeschenk an mich. Erst seine ausbleibende Zustimmung trieb mich zum Weitermachen an. Ich unternahm immer größere Anstrengungen, um ihn endlich von mir zu überzeugen. Sein mangelnder Respekt für meine Arbeit war dabei auch Ausdruck einer unausgesprochenen Hierarchie: Ganz oben stand in seinen Augen die bildende Kunst; das Schreiben über sie, wie ich es praktizierte, war zwar unverzichtbar, aber im Grunde zweitrangig. Nur: Je älter ich wurde, desto mehr machte mir die Destruktivität dieses Freundschaftspaktes zu schaffen. Nach jedem Treffen mit Peter fühlte ich mich kraft- und mutlos, tagelang war mein Schreiben blockiert, und zwar als Folge seiner Weigerung, es zu würdigen. Zum Glück führte ich inzwischen andere Freundschaften mit Kolleg*innen, in denen ich weitaus mehr Unterstützung für meine Arbeit erfuhr. Angesichts solcher Erfahrungen fiel es mir zunehmend schwer, die durch Peters Verhalten bewirkte Zersetzung meines Selbstbewusstseins zu ertragen. Ich erlebte zudem, wie viel besser ich arbeitete, wenn ich mich von wohlwollenden Freund*innen getragen wusste.

Irgendwann fasste ich den Entschluss, Peter mit meiner Gekränktheit aufgrund seines Desinteresses an meiner Arbeit zu konfrontieren. Doch dieser Versuch, ihm meine verletzte Seele zu offenbaren, ging nach hinten los. Er bezichtigte mich sogleich in harschem Tonfall der Überempfindlichkeit und monierte, dass es mir immer nur um mich gehe. Kein entschuldigendes Wort, kein „Es tut mir leid, dass ich dich verletzt habe“. Dass seine Reaktion derart abwehrend und aggressiv ausfiel, schockierte mich, ließ mich aber auch die Perspektivlosigkeit dieser Freundschaft realisieren. Noch bin ich zwar nicht so weit, aus ihr endgültig auszusteigen. Aber der erste Schritt hin zu ihrer Auflösung scheint mir getan. Was mich immer noch zögern lässt, diesen für mich problematischen Freundschaftspakt zu beenden, ist die tiefe geistige Verbindung zwischen Peter und mir. Oft verstehen wir uns ohne Worte – am bloßen Gesichtsausdruck des anderen lesen wir dessen Einstellung zu einer Sache ab. Peter fällt nie auf das von allen Gutgeheißene herein – er ist mein Verbündeter im Kampf gegen vorschnelle Übereinkünfte. Habe ich leichte Vorbehalte gegen ein allseits gepriesenes Phänomen, kann ich sicher davon ausgehen, dass es ihm ähnlich geht. Was mich zudem an Peter hängen lässt, sind die uns verbindenden Jahrzehnte des gemeinsamen Überlebens im Kunstmilieu. Peter und ich teilen eine Geschichte, die ich weder negieren noch abspalten möchte. Die vielen Gespräche mit ihm haben mich zu der gemacht, die ich bin – Simone de Beauvoir schreibt irgendwo, dass man nicht allein zu sich selbst werden könne. Das gilt auch für mich: Ohne den Austausch mit Peter wäre mein Selbst ein anderes.

Bei genauerem Nachdenken über unsere Freundschaft muss ich mir allerdings auch eingestehen, dass ich mir über ihre Störanfälligkeit stets im Klaren gewesen bin. Zwar sind Freundschaften als innige Bindungen grundsätzlich prekäre Gebilde. Im Falle meiner Freundschaft mit Peter habe ich mich schon vor Jahren innerlich darauf eingestellt, dass er sich in dem Moment von mir abwenden würde, in dem ich allgemein in Ungnade fiele oder keine „Erfolge" mehr vorzuweisen hätte. Und genau so geschah es denn auch eines Tages: Nachdem ich den bereits erwähnten umstrittenen Vortrag gehalten hatte, der mich in einem bestimmten Segment der Kunstwelt in Misskredit brachte, ging er fühlbar auf Distanz zu mir. Er schien sich der Fraktion der Skeptiker*innen angeschlossen zu haben, weil sich der Wind gegen mich gedreht hatte. Als wir uns danach trafen, kam es mir jedenfalls so vor, als würde er mich subtil spüren lassen, dass meine Meinung nun weniger zählte. Er legte eine gewisse Gleichgültigkeit gegenüber meinen Worten an den Tag, so als hätten sie ihre Geltung verloren. Auch aus seiner Sicht hatte ich offenkundig einen beträchtlichen Autoritätsverlust erlitten. Was mich trotz dieser schmerzhaften Erfahrung auch weiterhin an ihn bindet, ist ein unausgesprochenes Abkommen zwischen uns: Ich spielte jahrelang (bereitwillig) die Rolle der „Starken", die ihm zur Seite steht, während er die Position des „Schwächeren" einnahm, der meine Hilfe und Rückendeckung benötigt. Womöglich habe ich ihm diese Position auch zugewiesen, um *in control* zu sein. Ihren sichtbaren Ausdruck fand diese ungute Rollenverteilung im Bezahlritual am Ende unserer gemeinsamen Treffen in diversen Cafés. Stets beglich ich zwanghaft die Rechnung – und dies, obgleich er längst viel mehr Geld verdiente als ich. Aber da ich nun mal die Rolle der vermeintlich Bessergestellten innehatte, griff ich reflexhaft zum Portemonnaie. Man könnte sagen, dass ich auf diese Weise symbolisch die Tatsache ausagierte, dass ich diejenige bin, die für diese Freundschaft „bezahlen" muss. Mehr noch: Da ich in unserer Beziehung die vermeintlich „Stärkere", die vermeintlich fester im Sattel Sitzende sein soll, kann mir Peter umgekehrt seine harsche Kritik an meiner Arbeit zumuten. Gerade weil ich (scheinbar) gefestigt bin, muss ich das aushalten können. Jede Begegnung mit ihm gleicht also einem Testlauf für mein Selbstwertgefühl: Wie viel Schmach erträgt es, an welchem Punkt fällt es in sich zusammen?

Während ich diesen Abschnitt zu Papier bringe, merke ich, dass ich mich immer tiefer in meine Unzufriedenheit über die Dynamik meiner Freundschaft zu Peter vergrabe. Vielleicht führt das zu einer allzu einseitigen Darstellung. Der*die Leser*in dieser Zeilen mag sich zu Recht fragen, ob ich Peters Arbeit wirklich so bedingungslos unterstützt habe wie hier dargestellt. Wenn ich mir darüber Rechenschaft ablege, muss ich tatsächlich einräumen, dass auch mein Support ein zweischneidiges Schwert war. Denn er basierte womöglich auf meinem unbewussten Wunsch, er möge trotz meiner Unterstützung als Künstler erfolglos bleiben. Wären nämlich institutionelle Anerkennung und damit auch der Markterfolg in seinem Fall ausgeblieben, dann hätte sich sein Abhängigkeitsverhältnis zu mir verstärkt. Er wäre auf meinen Einsatz für ihn unbedingt angewiesen gewesen, wonach ich mich wahrscheinlich unbewusst sehnte. Ich wollte und will mich um ihn kümmern, bloß besteht daran mittlerweile weniger Bedarf. Durch seine großen Erfolge in Institutionen und am Markt bin ich mehr oder weniger überflüssig geworden. Das ließ mich Peter jedenfalls in seinen letzten E-Mails spüren: Auf meine Berichte ging er mit keinem Wort mehr ein, dafür sprach er umso obsessiver über sich oder genauer: über den Stand seiner künstlerischen Arbeit, der allein zu zählen schien. Ich fungierte nur noch als austauschbar gewordene Adressatin seiner Monologe.

Allerdings ist Peters Sicht auf die Lage mit Sicherheit eine andere. Wahrscheinlich kreidet er mir just jene Selbstbezogenheit an, die auch ich bei ihm so schwer erträglich finde. Ich kann mir vorstellen, dass er meine Darstellung seines Verhaltens als grenzenlos narzisstisch und larmoyant empfindet. Narzisstisch, weil ich voller

Eigenliebe um mich selbst kreise, und larmoyant insofern, als ich meine Machtposition als Kritikerin ebenso verkenne wie den Respekt, den er meinem Schreiben entgegenbringt. Stattdessen beschwere ich mich in weh- und selbstmitleidiger Manier über eine Situation, die aus seiner Sicht alles andere als beklagenswert ist. Und er hätte damit in gewisser Weise auch recht: Meine Klagen sind Klagen auf hohem Niveau, was sie jedoch nicht gänzlich grundlos macht. Ich möchte trotz allem von ihm gehört werden.

15.9.2020

Heute Morgen spürte ich ganz deutlich, wie sehr mich die ungeklärte Freundschaftssituation mit Peter umtreibt und quält. Er kann natürlich nichts dafür, dass ich mich in den letzten Jahren verändert habe und von Freund*innen mehr erwarte, etwa ein durchgehend anteilnehmendes, mitfühlendes oder fürsorgliches Verhalten. Das letzte Treffen mit ihm war in dieser Hinsicht ein Fiasko. Nachdem ich mir ausgiebig seine aktuelle Kunstproduktion angesehen hatte – eine Reihe von minimalistisch anmutenden Objekten mit malerisch wirkenden Außenflächen –, teilte er mir beiläufig mit, dass mein letztes Buch *Die Stimme der Anderen* in seinen Augen „keine Literatur“ sei und leider auch zwei orthografische Fehler enthalte. Zwar hatte ich mit diesem autofiktionalen Projekt gar nicht den Anspruch erheben wollen, „große Literatur“ zu schreiben. Aber meinen Text von vornherein jenseits der Literatur anzusiedeln schien mir doch so, als würde man ihm jegliche Daseinsberechtigung absprechen. Wie Peter wohl reagiert hätte, wenn ich meinerseits seine Objekte bei meinem Besuch als Nicht-Kunst bezeichnet und ihnen einen fehlerhaften Farbauftrag bescheinigt hätte? Das Schreiben meines Buches war, das wusste Peter, ein großes Wagnis für mich gewesen. Zum ersten Mal hatte ich mich darin zu erkennen gegeben, Persönliches verhandelt, etwa die Trauer um den Verlust meiner Eltern. Sein gefühllos-harscher Kommentar ließ mich deshalb umso fassungsloser zurück. Warum konnte er meinen Versuch, eine Sprache für heftige Emotionen wie Wut oder Enttäuschung zu finden, nicht würdigen? In solchen Momenten der Fassungslosigkeit gelingt es mir leider selten, schnell und schlagfertig auf die Zumutungen meines Gegenübers zu reagieren. So auch in diesem Fall: Ich war wie gelähmt und wollte einfach nur die Flucht antreten, mich aus meiner schmerzhaften Lage befreien. Abrupt stand ich auf und verabschiedete mich, rannte förmlich aus seinem Atelier hinaus auf die Straße.

Wie schwer mich seine Bemerkung zu meinem Buch getroffen hatte, realisierte ich allerdings erst am nächsten Tag, als ich mich in einer massiven Schreib- und Sinnkrise vor meinem Laptop wiederfand. Vorhaben für neue Bücher schienen mir nur noch vermessen und vergeblich, von vornherein zum Scheitern verurteilt. Mir fehlte der Elan, ich war zu nichts in der Lage und starrte nur trübsinnig auf die Tastatur. Meine tiefsitzende Niedergeschlagenheit ließ sich allein durch den Entschluss lindern, mich Peters kränkenden Bemerkungen in Zukunft nicht mehr auszusetzen. Ich würde die Freundschaft zu ihm beenden, nie wieder einen Fuß in sein Atelier setzen. Dass unser Treffen eher ungut und für mich verletzend verlaufen war, schien er selbst gar nicht registriert zu haben. Seine im Anschluss geschriebenen E-Mails klangen wie immer, als würde ich schon in wenigen Wochen wieder in seinem Atelier aufschlagen. Beim Lesen dieser Business-as-usual-Korrespondenz stieg Empörung in mir hoch. Ich verspürte das dringende Bedürfnis, ihm endlich einmal die Meinung zu sagen, ihn anzurufen und am Telefon hemmungslos anzuschreien. Aus Erfahrung wusste ich allerdings auch, dass ein derartiges Handeln aus der Affektzone heraus nichts bringt. Es verschafft zwar ein trügerisches Gefühl der Erleichterung, doch man verbleibt damit letztlich innerhalb der problematischen Beziehungslogik. Ich erwog stattdessen, die Freundschaft einfach auslaufen zu lassen, doch „Ghosting“ ist nicht mein Stil. Und da wir uns in unserem beruflichen Umfeld auch in Zukunft mit Sicherheit begegnen würden, war mir an einer Klärung unseres Verhältnisses gelegen.

Ich überlegte, ihm meine Entrüstung schriftlich mitzuteilen, entschied mich aber auch gegen diesen Weg. Denn ich wollte nicht, dass er etwas Schriftliches in der Hand hat, auf das sich die Nachwelt womöglich eines Tages stürzen würde. Von deren posthumem Interesse an unserer Kommunikation war inzwischen aufgrund seiner Berühmtheit durchaus auszugehen.

Je ratloser ich bezüglich der richtigen Vorgehensweise wurde, desto stärker drängten sich mir die positiven Aspekte unserer Freundschaft auf. Der Informationsaustausch zwischen uns hatte zum Beispiel immer sehr gut funktioniert, und wir ergänzten uns perfekt beim Nachdenken über Kunst, etwa anlässlich von gemeinsamen Ausstellungsbesuchen. Oft analysierten wir auch diverse Vorkommnisse in unserem Freundes- und Kolleg*innenkreis. Ich fragte mich daher angstvoll, ob ich mir den Verzicht auf diese wertvollen, gemeinsam erstellten Mikroanalysen überhaupt leisten konnte oder wollte. War ich nicht auf Peters originelle Einschätzungen angewiesen, würde mein Denken und Schreiben ohne seinen Input vielleicht ärmer werden? Um das, was zwischen uns gut funktioniert, nicht aufgeben zu müssen, hatte ich wenige Monate zuvor versucht, die Freundschaft zu ihm in einen rein professionellen Abgleich unter Kolleg*innen zu verwandeln. Dieses Modell hatte sich jedoch als nicht praktikabel erwiesen, da ich in meinem Kommunikationsverhalten ihm gegenüber immer wieder in alte Muster zurückgefallen war, ihm also auch persönliche Informationen anvertraut hatte, die ihn als entfernten Kollegen eigentlich gar nichts angingen. Ohne es zu wollen und geradezu reflexhaft hatte ich ihm von den Problemen mit meiner Teenager-Tochter erzählt oder von meiner Enttäuschung über das Verhalten bestimmter Kolleg*innen. Ich war – wahrscheinlich aus Gewohnheit – ihm gegenüber in einen Modus der Offenherzigkeit hineingeschlittert, der unserem Verhältnis längst nicht mehr angemessen gewesen war. Mein Verhalten war geradezu zwanghaft, und ich war offenkundig nicht dazu in der Lage, eine distanziertere Form der Kommunikation mit ihm zu etablieren.

16.9.2020

Nun habe ich es endlich geschafft, aus dieser für mich so schmerzhaften Verbindung auszusteigen. Es war gar nicht so schlimm. Ich habe Peter vorab mitgeteilt, dass ich die Freundschaft beenden wolle und ihn dann gefragt, ob er die Gründe dafür zu erfahren wünsche. Er war sichtlich geschockt von meiner abrupten Mitteilung, zeigte sich dann aber doch interessiert an meiner Erklärung. Ich legte ihm dar, wie sehr mich sein Kommentar zu meinem Buch und seine nach meinem Empfinden wenig interessierte Haltung generell meiner Arbeit gegenüber kränken. Er schien fassungslos über meine Wahrnehmung und beteuerte, dass dem gar nicht so sei. Ich realisierte, dass er die Feindseligkeit, die zuweilen in meinen Augen von ihm ausging, gar nicht als solche empfunden hatte. Bezeichnend war dennoch, dass er nicht um unsere Freundschaft kämpfte, im Gegenteil, er nahm die Trennung ruhig an, akzeptierte sie, wenn auch nicht ohne sie zu bedauern. Ich versicherte ihm, dass es nicht seine Verantwortung sei, dass sich meine Erwartungen an Freundschaft schlicht geändert hätten, und ich äußerte die Hoffnung, dass wir in einem produktiven Austausch als Kolleg*innen würden bleiben können. Ich war vor allem mein eigenes Verhalten in dieser Freundschaft so leid. Wider besseres Wissen war ich Peter gegenüber immer wieder in die Logik der *transactional friendship* verfallen, hatte ihm also Insiderwissen oder Anregungen zugespielt, die ich eigentlich gar nicht an ihn weitergeben wollte. Es war deprimierend zu sehen, wie reflexhaft ich meinen Part in dieser Freundschaft spielte. Und auch auf seiner Seite schien sich das mangelnde Interesse an meiner Arbeit verfestigt zu haben. Verachtete er mich womöglich unbewusst dafür, dass ich es so lange nicht geschafft hatte, ihm die Freundschaft zu kündigen?

Zunehmend regt sich darüber hinaus auch Widerstand in mir gegen meine Rolle als Dienstleisterin. Zwar möchte ich den Einfluss der Kritiker*innen keineswegs herunterspielen: Sie haben die Macht, Bedeutung zu produzieren, Werturteile zu formulieren und Neubewertungen einzuleiten – eine Arbeit, an der mir sehr viel liegt. Dennoch widerstrebt es mir zunehmend, kunsthistorische Bedeutungsgirlanden für radikal selbstbezogene Künstler*innen zu knüpfen, etwa in Form von apologetischen Katalogtexten. Dass die Kunstkritik in der Hierarchie des kommerziellen Geschehens inzwischen eher auf den untersten Stufen steht, registriere ich ebenfalls mit Unbehagen. Diese Hierarchie hat, nebenbei bemerkt, nicht immer bestanden. Noch bis in die 1980er Jahre hinein galten Kritiker*innen und Theoretiker*innen als wichtige Stichwortgeber*innen und genossen Respekt als Autoritäten. Dass diesbezüglich ein schleichender Wandel stattgefunden hat, realisierte ich zum ersten Mal anlässlich des dreißigjährigen Jubiläums einer Berliner Galerie. Der Galerist hatte ein glamouröses Dinner für 300 Personen ausgerichtet und hielt eine Ansprache, dic im Grunde eine Dankesrede war. Zuerst bedankte er sich bei allen anwesenden Künstler*innen, dann bei den Sammler*innen und Kurator*innen und schließlich (bezeichnenderweise zuletzt) bei seincr Frau. Kritiker*innen, von denen neben mir noch andere mit am Tisch saßen, wurden gar nicht erst erwähnt, als spielten sie für die wertbildenden Prozesse des Kunstmarkts keine Rolle, als seien sie eine *quantité négligable*. Ich nahm mir ein Herz und fragte den Galeristen, ob er in seiner Rede nicht jemanden vergessen habe. Er wusste nicht, wen ich meinte – dass cr die Kritik übergangen hatte, war ihm gar nicht aufgefallen.

Oft ließen mich auch einige meiner Künstler*innen-Freund*innen spüren, dass sie im Grunde die Nummer eins waren, ich hingegen nur als deutende Vermittlerin ihres Anliegens fungierte. Auch hier muss man sich vor Augen halten, dass Kritiker*innen – und das gilt vor allem für *männliche* Kritiker – vormals im Kunstbetrieb über mehr Einfluss und Bedeutung verfügten. Man denke etwa an die Bewunderung, die bildende Künstler*innen wie Jean Fautrier in der ersten Hälfte des 20. Jahrhunderts ihren Schriftsteller/Kritiker-Freunden wie Francis Ponge oder Jean Paulhan entgegenbrachten. Aufgrund eines in den 1990er Jahren erfolgten Strukturwandels des Kunstmarkts zählt heute aber – und dies gilt vor allem für das kommerzielle Segment des Kunstbetriebs –weniger die symbolische Bedeutung als der Markterfolg. Und da sich mit Büchern kein dem Kunstwerkunikat vergleichbarer Markterfolg erzielen lässt, ist das Ansehen von Schriftsteller*innen und Kritiker*innen in dieser Sphäre gesunken: Ihr symbolisches Kapital gilt weniger als das Geld der Markt-Erfolgreichen. Dass Peter meinen jüngsten Versuch, mit einem literarischen Projekt in neues Gebiet vorzudringen, nicht ausdrücklich begrüßte, könnte aber noch einen anderen Grund haben. Bei Kunstkritiker*innen und Kulturtheoretiker*innen wird es grundsätzlich nicht so gerne gesehen, wenn sie – wie etwa Susan Sontag – ihr angestammtes Terrain verlassen und Romane schreiben. Wobei die eher negativen Reaktionen auf Sontags Romane durchaus an diesen selbst gelegen haben mögen. Auch mir gefallen ihre kulturtheoretischen Essays besser. Die unausgesprochene Erwartung an Kunstkritiker*innen lautet zudem, dass sie der Kunst stets zu Diensten zu sein haben. Wenn sie jedoch etwas Selbstbestimmteres machen wollen, wird dies zunächst eher mit Skepsis beäugt. Es besteht darüber hinaus die Gefahr, dass man sich als Kritikerin mit seinen eigenen, fragilen Werken als „fehlbar" outet und dadurch sein Kritikerinnenurteil entwertet. Dass ich an meinem angestammten Platz verbleibe, ist also nicht nur im Interesse der Künstler*innen, sondern auch im Interesse meiner kunstkritischen Autorität. Mir kommt es so vor, als würden es zahlreiche meiner Kunstbetriebsfreund*innen nicht gerade wohlwollend verfolgen, wenn ich mich anders zu entwerfen suche. Ich soll mich möglichst nicht von jenem Platz rühren, auf den sie mich festgeschrieben haben. Meine „wahren" Freund*innen hingegen unterstützen mich beim Versuch, meinen Tätigkeitsradius auszuweiten und andere Felder zu erobern. Wobei sie mich in solchen Fällen natürlich auch auf die damit verbundenen Risiken hinweisen.

17.9.2020

Dass die Pandemie – respektive die Frage des angemessenen Umgangs mit ihr – neue Grenzziehungen in Freundschaften erforderlich macht, habe ich bereits erwähnt. Wer sich beispielsweise angesichts von steigenden Infektionszahlen grundsätzlich nur draußen verabredet, wird Schwierigkeiten mit denjenigen Freund*innen haben, die sich weiterhin *indoors* treffen und durchaus gern in größeren Gruppen feiern – und sie tunlichst meiden. Gestern habe ich zum Beispiel mit Majorie telefoniert, die mir beschwingt von diversen Einladungen – einem Abendessen und sogar einem Empfang – berichtete, die sie wahrgenommen habe in den letzten Tagen. Dies versetzte mir gleich einen doppelten Stich: Erstens fühlte ich mich zurückgesetzt, weil mich derzeit kaum Einladungen erreichen. Mein *social life* liegt ziemlich brach, und ich habe das Gefühl, es passiert kaum etwas, wenn ich nicht selbst die Initiative zu Spaziergängen oder Telefonaten ergreife. Und zweitens kommt es mir komisch vor, wenn ich mich so streng an die Regeln halte und jenseits von Spaziergängen niemanden sehe, während einige Freund*innen von mir auch weiterhin fröhlich feiern. Man könnte den Eindruck gewinnen, dass – wie so oft im Kapitalismus – diejenigen belohnt werden, die sich über die Regeln hinwegsetzen. Wer sich hingegen streng an sie hält, hat das Nachsehen.

Einen vergleichbaren Stich versetzte es mir, als mich eine andere Sammlerfreundin aus dem Kunstbetrieb kürzlich darüber informierte, dass sie mit ihren Kindern demnächst nach Gran Canaria flüchten werde. Digitalunterricht sei auch von dort aus möglich. Sie bat mich, diese Information für mich zu behalten, denn nach ihrer Rückkehr werde sie nur einen Test machen und nicht in Quarantäne gehen. Man sieht es auch hier: Wer sich wie zahlreiche wohlhabende Sammler*innen des Kunstbetriebs aus dem tristen Corona-Berlin absetzt oder, besser noch, irgendwo über ein Ferienhaus verfügt, nimmt zwar das Risiko in Kauf, an einem Ort mit mangelhafter medizinischer Versorgung zu stranden. Dafür entflieht er*sie aber zugleich der monotonen Corona-Tristesse und den rasant steigenden Infektionszahlen der Großstädte. Dort sitzen die weniger betuchten Künstler*innen und Kritiker*innen in ihren Stadtwohnungen fest und drehen maximal wie Kettenhunde ein paar vorhersehbare Runden draußen in ihrem Revier. Die reichen Mitglieder des Kunstbetriebs hingegen haben sich fröhlich auf Inseln oder in den Skiurlaub abgesetzt, um den ganzen Schlamassel hinter sich zu lassen. Erholt werden sie zurückkehren, an den Regeln vorbei, während die Hiergebliebenen mit Erschöpfung und Niedergeschlagenheit zu kämpfen haben. Es sieht so aus, als würden sich die Klassenverhältnisse in der Pandemie auf neue Weise reproduzieren: Vor allem das vielbeschworene eine Prozent scheint eine „Hauptsache mir geht es gut"-Haltung zu kultivieren, in der Solidarität keine Rolle mehr spielt. Ich muss aufpassen, dass ich angesichts dieses rücksichtslosen Verhaltens meiner wohlhabenden Bekannten nicht in Bitterkeit verfalle, von Wut auf jene Reichen erfüllt, die es sich trotz der Aufeinanderfolge von Gesellschaftskrisen gut gehen lassen.

18.9.2020

Die globale Pandemie mit ihren Lockdowns ist auch deshalb ein Stresstest für Freundschaften, weil man sich dazu aufgefordert sieht, die Freund*innen tunlichst zu meiden. Neulich kam es zu einer zufälligen Begegnung mit meiner Freundin Berenice bei einem Spaziergang: Jede verblieb auf ihrer Straßenseite, und wir winkten uns nur verhalten zu. Mittels einer Körpersprache, die „Zurückweichen" signalisierte, bedeuteten wir uns gegenseitig, dass eine weitergehende physische Annäherung (schon in Form des bloßen Überquerens der Straße und eines Aufeinander-Zugehens) absolut ausgeschlossen war. Stattdessen riefen wir uns Grußworte zu und gingen dann unserer Wege. In dieser Begegnung ging es nur darum, sich *nicht* zu begegnen. Ich empfand es als tragisch, dass wir als Freundinnen derart entschlossen einen großen Bogen umeinander machten, obwohl wir uns doch sehr mögen. Das Virus hat eine unüberwindbare Kluft zwischen uns erzeugt, vergleichbar dem „tiefen Wasser", das im Märchen dafür sorgt, dass die Königskinder nicht zueinander kommen können. Nur ist das Virus im Unterschied zum tiefen Wasser ein unsichtbares Hindernis.

Gegen Ende des ersten Lockdowns merkte ich allerdings auch, dass ich ohne physische soziale Begegnungen ganz gut zurechtkam. Zu den wenigen Verabredungen, die ich noch traf, musste ich mich regelrecht aufraffen – sie schienen plötzlich mit einer enormen Kraftanstrengung verbunden zu sein. Was mir früher leicht von der Hand gegangen war – Meetings mit Freund*innen in Restaurants oder Cafés –, kostete mich nun Überwindung. Ich war nicht mehr daran gewöhnt und spürte den Energieaufwand, den solche Treffen für mich bedeuteten. Ich empfand es als erholsam – wenn auch auf Dauer trübsinnig –, mehrere Tage hintereinander nur zu Hause zu verbringen. Je mehr ich mich in mein Privatleben zurückzog, desto beherzter musste ich mir einen Ruck geben, um andere überhaupt noch zu sehen. Ich versank in meinem eigenen Rhythmus zwischen Arbeits- und Schlafzimmer, zwischen Küche und Bad. In dieses Korsett gezwängt konnte ich mir selbst glaubhaft machen, dass ich die Kontrolle über mein Leben noch nicht ganz verloren hatte.

20.9.2020

In den Wochen des erstens Lockdowns, die ich wie alle Welt weitgehend vor dem Bildschirm verbrachte, war ich plötzlich auch meinen problematischen Freundschaften gegenüber milder gestimmt. Der Groll, den ich kurz zuvor noch gegen einige meiner Freund*innen (wie Peter) gehegt hatte, verflog wie von Geisterhand. Es muss das Virus mit seiner universalen Geltungsmacht sein, das mich ihnen trotz bestehender Differenzen näherbrachte, denn es zwingt seine Realität uns allen auf. Zwar macht es einen beträchtlichen Unterschied, ob man die Zeit der Quarantäne beispielsweise in einem Haus mit Garten, in einer winzigen Wohnung mit kleinen Kindern oder wohnungslos verbringt. Da jedoch meine Freund*innen tendenziell eher einen Middle-Class-Background haben und, wie im Kunstbetrieb üblich, häufig über (eher geräumige) Altbauwohnungen verfügen, war unsere Situation im Lockdown vergleichbar. Von den endlosen Zoom-Konferenzen, die die Lehrenden unter uns zu absolvieren hatten, bis hin zur erzwungenen Neubetrachtung des anderen als potenzieller „Risikoträger" hatten wir alle mit ähnlichen Herausforderungen zu kämpfen. Virusbedingt litten wir unter vergleichbaren psychischen Problemen (Angst, Schlaflosigkeit), in deren Licht unsere früheren Meinungsverschiedenheiten gering wogen. Oft hatte ich das Bedürfnis, gerade nach jenen Freund*innen zu schauen, mit denen es zuvor zu leichten bis schweren Verstimmungen gekommen war. Diese Differenzen spielten nun, mit Blick auf die globale, unser aller Leben verändernde Krise, keine so große Rolle mehr. Ich erkundigte mich auch nach meinen alleine lebenden oder wohnenden Freund*innen, die in der Pandemie häufig mit Einsamkeit zu kämpfen hatten, oder nach jenen, von denen ich wusste, dass sie in zerrütteten Ehen gefangen waren. Oft kam es zu einem hilfreichen *comparing notes* im Zuge der vielen Telefonate, die ich führte: Wir beschrieben einander, wie wir die Ausnahmesituation jeweils bewältigten und informierten uns über unsere neuen Rituale wie tägliche Spaziergänge oder Online-Yoga, mit denen wir das stundenlange Sitzen vor dem Screen kompensierten.

Obgleich die meisten meiner Freund*innen von den psychischen und ökonomischen Verheerungen dieser Pandemie weitgehend verschont geblieben sind, gab es so gut wie niemanden, der die Situation nicht als enorm belastend erlebt hätte. Wir unterhielten uns auch über unsere Symptome wie erhöhte Reizbarkeit oder Rückenverspannungen. Viele berichteten von stressbedingtem nächtlichem Zähneknirschen, gegen das sie sich (wie ich selbst) von einer sogenannten „Knirschschiene" Abhilfe versprachen. In der Knirschschiene scheinen mir innere Zermürbung und äußerer Druck vereint: Man möchte seine Zähne (und seinen Körper) nicht dem enormen inneren Druck aussetzen, unter dem man pandemiebedingt steht und der sich im Knirschen Bahn bricht. Und zugleich wünscht man sich intakte, vorzeigbare Zähne, die nicht durch das Knirschen abgerieben und zerstört wurden. Die Knirschschiene ist also Emblem eines doppelten Drucks in der Pandemie: dessen, der von außen kommt, und dessen, den man sich selber macht. Man braucht solche Instrumente, um den inneren Druck zu lindern und zugleich dem äußeren nachgeben zu können. An einen ruhigen Schlaf ohne Hilfsmittel ist in dieser Krise ohnehin kaum noch zu denken. Ich greife auf ein schlafförderndes Arsenal zurück, unter anderem auf eine Schlafbrille und – paradoxerweise in dieser ruhigen Zeit – dazu noch auf Ohropax, die sich dem Vernehmen nach auch in den Nachtkästchen meiner Freund*innen finden.

22.9.2020

Die Freundschaft wird Hannah Arendt zufolge nicht nur durch das Unglück auf die Probe gestellt. Auch unser Glück müsse sie aushalten können. Glück kann in der Tat ein Prüfstein für Freundschaften sein, das habe ich selbst erlebt. Einige meiner Freund*innen haben auf längere Glückssträhnen in meinem Leben regelrecht aggressiv reagiert: Je mehr mir auf einmal zuzufallen und zu gelingen schien, desto feindseliger wurde ihr Verhalten mir gegenüber. Mit Schrecken erinnere ich mich diesbezüglich an das Jahr 2018, das von außen betrachtet mein „Erfolgsjahr" war. Ich bestand (mit einiger Verspätung) die Führerscheinprüfung, erhielt ein renommiertes Stipendium, das mich von der Lehre entband und mir die Arbeit an einem Forschungsvorhaben ermöglichte, und kuratierte eine kommerzielle Ausstellung. Am Ende dieses „Erfolgsjahres" hatte sich jedoch eine enge Freundin von mir – Paula – verabschiedet, und auch andere Freund*innen waren spürbar auf Distanz zu mir gegangen. Paula hatte das Ende unserer Freundschaft damit begründet, dass meine jüngsten „Lebensentscheidungen" für sie nicht nachvollziehbar seien. Als Hauptproblem stellte sie die Tatsache dar, dass ich mit einer von mir kuratierten kommerziellen Ausstellung Geld verdient hatte – nebenbei bemerkt: zum ersten Mal in meinem Leben. Auch andere Freund*innen und Bekannte verübelten es mir (oft ließen sie mich dies latent spüren), dass ich das Ethos der Kritik mit ökonomischen Interessen vermischt hatte. Der wesentliche Vorwurf lautete, dass ich durch meine finanzielle Beteiligung an den Kunstverkäufen meine „Freiheit“ als Kritikerin eingebüßt hätte, so als hätte ich mich niemals zuvor in kompromittierenden ökonomischen Abhängigkeitsverhältnissen bewegt – etwa in Form der Editionsverkäufe der von mir herausgegebenen Zeitschrift. Diese Editionen lassen sich ja auch als ein Programm verstehen, das die Verquickung zwischen Kunst / Kritik und Markt aufzeigt. Angesichts der zunehmenden Überlagerung von kommerzieller und kritischer Sphäre sehe ich es als Aufgabe der Kritik an, ihre dadurch veränderte Position zu reflektieren. Nicht nur aus diesem Grund hatte ich das finanzielle Arrangement zwischen mir und der Galerie offengelegt. Ich wollte zudem auf die im Vergleich zu den Einnahmen markterfolgreicher Künstler*innen notorische Unterbezahlung der über sie schreibenden Kritiker*innen hinweisen.

Da sich meine finanzielle Situation durch die Kunstverkäufe verbesserte, schien sich vor allem Paula, ihrerseits oft knapp bei Kasse, vor den Kopf gestoßen zu fühlen. Sie teilte mir mit, dass ich sie in ihren Augen verraten, mich von ihr wegbewegt, meine Seele verkauft hatte. Aus meiner Sicht hingegen war ich keineswegs „unfrei“ geworden: Dass ich selbst von den Verkäufen der Kunstwerke in meiner Ausstellung profitierte, verhinderte in meinen Augen nicht, dass ich die gezeigten Arbeiten weiterhin auch kritisch sehe oder Einwände gegen sie erhebe. Ich verstand allerdings auch, dass es wahrscheinlich nicht leicht für Paula war, mitzubekommen, wie ich mir plötzlich ein paar der Luxus-Items leisten konnte, die auch sie sich – das wusste ich – sehnlichst wünschte. Vergrößert sich der Abstand zwischen Freund*innen in puncto finanzieller Möglichkeiten, kann dies die Freundschaft belasten. Denn mit ihrem aufwendiger gewordenen Lebensstil führt die finanziell besser Gestellte ihren sich nach einem solchen Lebensstil sehnenden Freund*innen vor Augen, was diese sich nicht leisten können. Paula unternahm den Versuch, mich um Geld zu bitten. Nur war sie eben auch bekannt dafür, geliehenes Geld nur selten zurückzuzahlen. Aus meinen Therapiesitzungen wusste ich zudem, dass es einer Beziehung oder Freundschaft den Rest geben kann, wenn eine der Beteiligten zur dauerhaften Gläubigerin der anderen mutiert. Deshalb beschloss ich, ihr das Geld lieber nicht zu leihen, sagte ihr aber stattdessen andere Formen der Unterstützung zu. Dass ich ihr, obwohl im Prinzip dazu in der Lage, kein Geld gab, brachte das Fass zum Überlaufen. Per SMS bat sie mich um die Auflösung unserer Freundschaft, nicht ohne hinzuzufügen, dass ihr Scheitern allein mir zuzuschreiben sei. Wochenlang litt ich unter Schuldgefühlen, bedauerte den Verlust dieser Freundin, die mir in den Jahren zuvor derart ans Herz gewachsen war, dass ich sie oft als ein weiteres Familienmitglied bezeichnet hatte. Nach der Trennung stalkte ich Paula sogar in meiner Verzweiflung gelegentlich auf Instagram, um herauszufinden, was sie so trieb, und ihr auf diese Weise näher zu sein.

Eine weitere Probeleserin dieser Zeilen fragte mich soeben, ob ich den akuten Freundschaftskonflikten in meinem Leben wirklich so viel Raum in diesem Projekt einräumen wolle. Ich liefe dadurch Gefahr, ihnen zu viel Gewicht und Aktualität zu verleihen. Dieses Risiko ist nicht von der Hand zu weisen. Die Wahrheit ist aber auch, dass mich die jüngsten Freundschaftstode, etwa der Bruch mit Paula, lange Zeit beschäftigt und emotional gepeinigt haben. Immer wieder versuchte ich mir zu erklären, warum es zu dieser Trennung kommen musste und welchen Anteil ich daran habe. Und mir geht es ja nicht nur um allgemeine Überlegungen zu den Fallstricken der im Kunstbetrieb verbreiteten „Nutzenfreundschaft“. Es geht vielmehr darum, die Mutmaßungen über die Freundschaft im Persönlichen zu verankern, mithin zu zeigen, wie sich die neuen Herausforderungen, mit denen sich diese Beziehungsform konfrontiert sieht, auch in meinen eigenen Freundschaftspraktiken niederschlagen und wie sich dies literarisch darstellen lässt, als eine Übung „autofiktionaler Prosa“. Mein großes Vorbild in dieser Hinsicht ist Marie Luise Kaschnitz, weil es ihr gelungen ist, persönliche Erlebnisse als überpersönliche Erfahrungen darzustellen. Kaschnitz selbst hat sich als eine „ewige Autobiographin“ charakterisiert, als eine „im eigenen Umkreis befangene Schreiberin". Das war programmatisch abwertend formuliert, so als wäre das Befangen-Sein im eigenen Umkreis ein literarisches Defizit. Strategien der Selbstentwertung setzte Kaschnitz oft ein, wahrscheinlich um dann von ihren Leser*innen eines Besseren belehrt zu werden. Natürlich wusste sie selbst um die Stärke ihres in der eigenen Lebenswelt verhafteten Schreibens. Im Grunde wünsche ich mir, etwas Vergleichbares mit anderen sprachlichen Mitteln zustande zu bringen: Mit Blick auf das Überpersönliche zeigen, wie jedes Selbst, auch mein eigenes, qua Freundschaft in andere verwickelt ist. Diese Verknüpfung mit anderen ist aber nicht nur etwas Positives, sie geht auch mit Risiken einher, wie meine persönlichen Freundschaftsdramen belegen. Und der Verweis auf die enorme Bedeutung der Freundschaft für mein Leben tritt schließlich der illusorischen Vorstellung eines „für sich seienden" Individuums entgegen: Wir existieren nur bezogen auf und in Verbindung zu anderen. Die Implikationen und Folgen dieser grundlegenden Verbindung mit anderen finden sich im Phänomen Freundschaft.

23.10.2020

——— Seit einigen Tagen finde ich mich in einem shakespearehaften Drama wieder: Einige meiner Freund*innen scheinen mir in den Rücken zu fallen. An verschiedenen Orten haben sie Verrisse meines soeben erschienenen Buches *Die dunklen Jahre. Köln 1988–1999* veröffentlicht. Ich wusste zwar, dass Rezensionen von ihnen erscheinen würden, war aber davon ausgegangen, dass sie mir diese vorher zeigen, sie eventuell sogar mit mir vorab diskutieren würden. Nun stieß ich bei der morgendlichen Zeitungslektüre zufällig auf diese Texte, die beim Lesen ein Gefühl auslösten, als hätte man mir ein Schwert in die Magengegend gestoßen. Ich fühlte mich tief getroffen, aber auch schuldig und zugleich aus ihrer Gemeinschaft ausgestoßen. Mein Buch war offenkundig ein schwerer (und irreparabler) Fehler, für den ich jetzt (vielleicht sogar zu Recht) mit Exkommunikation bestraft wurde. Einige ihrer Kritikpunkte finde ich durchaus nachvollziehbar. So monieren sie etwa, dass ich mich in meinem Buch zu stark auf die männlichen Protagonisten der Kölner Kunstszene fixiert hätte, dass ich dieses soziale Universum nur entmystifiziere und nicht als Möglichkeitsraum charakterisiere und dass ich die politischen Anliegen der damaligen Akteur*innen dem Markt und dem Mainstream zum Fraß vorwerfe. Das sind durchaus ernst zu nehmende Einwände, nur werde ich den Eindruck nicht los, dass es den Autor*innen – unbewusst, wie ich hoffe – mit ihren Totalverrissen auch darum geht, mich persönlich zu beschädigen. Schließlich signalisieren ihre Texte in erster Linie, dass sie zu mir und meiner Arbeit auf Abstand gehen. Beides – das Arbeitsprodukt und die dahinter stehende Person – lassen sich in einem von den Gesetzen der Celebrity-Kultur bestimmten kulturellen Feld ohnehin kaum mehr auseinanderhalten. Noch die aufs Äußerste um Sachlichkeit bemühte Kritik wird als persönlicher Angriff gelesen und entsprechend persönlich genommen. Erschwerend kommt hinzu, dass der Ton ihrer Rezension in meinen Ohren selbstgerecht klingt: Als wüssten sie, wo es langgeht, während ich leider mit meinem Buch gänzlich falsch liege. So nach dem Motto: *She lost the plot.* Warum haben sie ihre Kritik nicht zögerlicher formuliert, statt mein Buch in toto abzulehnen? Könnte es trotz einiger, wie ich es inzwischen selbst sehe, fragwürdiger Aspekte nicht auch Argumentationen enthalten, die bedenkenswert und vielleicht sogar verteidigungswert sind?

Besonders betrüblich ist für mich, dass ihre heftige Kritik derzeit große Zustimmung vor allem im Netz erfährt: Für ihre harschen Rezensionen bekamen sie sogleich viel Applaus online, während mein Versuch, die Fehler und blinden Flecken meines Vorhabens in einer Verlagsmitteilung einzugestehen, kaum registriert wurde. Im Grunde erfahre ich gerade im Kleinen, was es eigentlich bedeutet, „gecancelt" zu werden. Zum einen ist das vielzitierte Canceling eine wichtige politische Waffe, mit deren Hilfe Marginalisierte und Unterdrückte ihre Diskriminierungserfahrungen artikulieren und ihre übermächtigen Peiniger (à la Epstein oder Weinstein) öffentlich an den Pranger stellen können. Zugleich bedeutet Canceling seiner

Struktur nach aber auch – das hat Natalie Wynn in ihrem großartigen YouTube-Format *ContraPoints* herausgearbeitet –, dass an die Stelle einer berechtigten Zurückweisung von politisch fragwürdigen Handlungen oder Äußerungen die Ablehnung einer bestimmte Handlungen vollziehenden oder Äußerungen tätigenden Person tritt. Statt dass also die transphoben Aussagen von jemandem wie J. K. Rowling scharf kritisiert und zurückgewiesen werden, wird Rowling selbst zu einer *bad person* erklärt, zu einer wesenhaft schlechten Person, die gecancelt werden muss. Zwar möchte ich die vereinzelt negativen Reaktionen auf mein Buch nicht mit dem weltweiten Shitstorm gegen Rowling vergleichen (deren transphobe Bemerkungen auch ich unerträglich finde). Die Aufregung um mein Buch nimmt sich daneben wie ein Sturm im Wasserglas aus. Dennoch lässt sich auch in meinem Fall die Tendenz beobachten, dass Kritik an einem kulturellen Produkt online in die Delegitimierung der Autorin umschlägt. Die Bereitschaft, zu canceln – also Leute zu „stornieren" –, ist im Kunstbetrieb derzeit ohnehin sehr ausgeprägt. Beispiel: Im Gespräch mit einer befreundeten Malerin aus New York fielen kürzlich die Namen einiger männlichen Protagonisten der Szene. Sie fragte sogleich bei deren Erwähnung: But isn't he canceled? Dass ihre leichthin gestellte Frage mit dazu beitragen könnte, die betreffende Person für erledigt zu erklären und damit aus dem Spiel zu nehmen, schien sie billigend in Kauf zu nehmen. Ihre suggestive Frage zeugt von einer sozialen Gewalt, die zur Norm geworden ist. Zwar gibt es selbstredend #MeToo-Fälle, in denen der Ausschluss der (in der Regel männlichen) Täter aus dem Feld notwendig und gerechtfertigt ist. Etwas anderes ist es jedoch, Leute im Gespräch beiläufig zu canceln.

Welche Schlüsse lassen sich jedoch aus dem Verriss meines Buches für die Freundschaftsdynamiken in einer Wettbewerbsgesellschaft ziehen? Ich denke, dass Loyalität selbst unter befreundeten Kolleg*innen nichts ist, das in jeder Situation vorausgesetzt werden kann. Inhaltliche oder politische Konflikte können es notwendig erscheinen lassen, dass vormals befreundete Kolleg*innen öffentlich voneinander abrücken. Als geradezu pervers empfinde ich jedoch die Art und Weise, wie eine der Autor*innen die Veröffentlichung ihres Artikels mir gegenüber eben am Telefon rechtfertigte. Keineswegs habe sie sich unsolidarisch mir und meinem Buch gegenüber verhalten wollen, im Gegenteil: Die Rezension sei Ausdruck ihrer „antagonistischen Solidarität" gewesen. So als wäre die Abgrenzung der Königsweg zur solidarischen Unterstützung, als könnte die Spaltung eine Methode sein, mit der sich der solidarische Zusammenhalt befördern ließe. Aus meiner Sicht wäre es, zumal unter „Freund*innen", solidarischer gewesen, wenn sie mir ihre Kritik an meinem Buch vorher unterbreitet, sie mit mir diskutiert hätte. Womöglich hätte ich sie im Gespräch davon überzeugen können, einen weniger selbstgewiss-überheblichen Ton anzuschlagen und für einen weniger totalisierenden Gestus zu optieren. Und zwar, ohne dass dies auf Kosten ihrer berechtigten Kritikpunkte gegangen wäre. Wäre ich im Vorfeld von ihr informiert worden, hätte ich mich zudem auf diese Veröffentlichung innerlich vorbereiten können, statt jäh von ihr überrascht zu werden.

24.10.2020

Eben habe ich mit meiner Therapeutin über die besagten Verrisse der Freund*innen gesprochen und über das, was sie bei mir emotional ausgelöst haben: Neben Schuld- und Verlustgefühlen steigt immer wieder Wut in mir auf, gekoppelt mit dem irrationalen Wunsch nach Vergeltung. Derartige Aggressionen dürften, so meine Therapeutin, durchaus einen Raum in meinem Gefühlsleben haben. Entscheidend sei nur, dass ich mein Vergeltungsbegehren *nicht* in die Tat umsetze. Somit wäre es also in Ordnung, wenn zuweilen Rachegefühle in mir aufsteigen – nur Rache suchen darf (und möchte) ich nicht. Eine andere Bekannte, der ich von den Verrissen erzählte, wollte die Demontage meines Buches einmal mehr nur auf den „Neid" meiner Kolleg*innen zurückführen: Sie wären doch sicherlich neidisch auf meinen Mut, mich mit einem autobiografischen Buch über die Kölner Kunstszene auf neues Terrain zu wagen. Ich wies ihr Neidnarrativ jedoch vehement zurück, denn es scheint mir erstens eine Unterstellung zu sein und zweitens zu kurz zu greifen. Weder möchte ich die stichhaltige Kritik meiner Kolleg*innen durch einen ihnen zugeschriebenen Sozialaffekt (wie Neid) entkräften, noch möchte ich ihre komplexen Beweggründe monokausal dadurch erklären. Es passiert außerdem allzu oft, dass die berechtigten Claims der anderen (etwa auf Teilhabe) von den Leuten in Machtpositionen als bloßer Neid (oder gar als „Sozialneid") abgetan werden. So einfach möchte ich es mir nicht machen, obwohl ich mich derzeit nicht unbedingt in einer Machtposition wähne. Denn es scheint mir trotz allem wichtig, die Kritik der Freund*innen an meinem Projekt ernst zu nehmen, statt sie vorschnell als (vermeintlich) neidbasiert abzutun. Auch wenn der „Neid" in diesem Fall als Erklärung nicht taugt, ist doch niemand vor Neidgefühlen gefeit, wie ich aus eigener Erfahrung weiß. Wie oft hat es mir einen Stich versetzt, wenn andere – auch Freund*innen – mehr zu bekommen schienen als ich. Die Omnipräsenz des Neides hat der Soziologe Sighard Neckel kürzlich darauf zurückgeführt, dass der Mensch nun mal ein „Vergleichswesen" sei. Man vergleiche sich ständig mit anderen und verspüre gegebenenfalls Trauer darüber, dass einem die ihnen gewährte Anerkennung vorenthalten wird. Dies umso mehr, als wir in einer Wettbewerbsgesellschaft leben, deren „ökonomisches Ethos", so Neckel, der Vergleich sei. Das heißt mit anderen Worten, dass der Neid in einem Milieu wie der Kunstwelt, wo seit jeher gnadenlose Rivalität herrscht, besonders gut gedeiht. Daher schwingt in den Verrissen meines Buches sicherlich auch eine latente Neidkomponente mit, so wie ich meinerseits eifersüchtig bin auf den Chor der Kritiker*innen, von dem ich mich ausgeschlossen wähne.

Die Situationen, in denen ich selbst mit dem bitteren Geschmack von aufsteigenden Neidgefühlen zu kämpfen habe – ich denke hier etwa an die Gespräche mit meinem Freund Philipp – sind gar nicht so selten. Philipp neigt dazu, mir sehr ausführlich und meist monologisch von seinen jüngsten akademischen Erfolgen, theoretischen Einsichten und Einladungen an renommierte Institutionen zu berichten. Zu Wort komme ich in diesen Situationen nur selten. Der Neid steigt dann langsam in mir auf, weil ich plötzlich denke, nichts Vergleichbares vorzuweisen zu haben. Obgleich ich in der Regel stolz auf meine kunsthistorische Forschung bin, scheint sie mir nun, gemessen an der seinigen, auf der Stelle zu treten. Zwar versuche ich mich in seinen Wortfluss gelegentlich einzuklinken, unterbreche ihn sogar zuweilen, um ihm mitzuteilen, woran ich gerade arbeite, ohne dass er mich danach gefragt hätte. Allerdings empfinde ich Philipps Rhetorik als derart massiv, dass ich mich von ihm buchstäblich weggedrängt und kleingemacht erlebe. Und so starre ich neidvoll auf die Autorität, die seine Arbeit anscheinend genießt. Manchmal gelingt es mir, den Neid auf Philipps Erfolge produktiv im Sinne eines Ansporns zu wenden. Doch in der Regel bleibe ich resigniert zurück. Ich kapituliere vor der Wucht, mit der er sein Terrain markiert, und ich finde mich damit ab, dass ich kleinere Brötchen backe.

Als einen Weg, dcr aus dem Neid herausführt, schlägt Neckel vor, „eigene Kriterien“ für ein gelungenes Leben zu formulieren, statt sich an den Kriterien der anderen zu orientieren. Das Problem dabei ist nur, dass wir in einer erfolgszentrierten Gesellschaft leben, die uns ihre Kriterien für ein Leben, das als ein gelungenes gilt, aufzwingt. Hier fällt es kaum jemandem leicht, sich von den gängigen Erfolgsnormen, die wir zum Teil tief verinnerlicht haben, frei zu machen. Wer zum Beispiel über weniger institutionelle Anerkennung verfügt, gilt im akademischen Bereich nun mal als weniger erfolgreich. Sich über diese Hierarchien hinwegzusetzen und „Erfolg“ und „Bedeutung“ an anderen Kriterien zu messen, erfordert viel Kraft.

25.10.2020

Heute weiß ich nicht, wohin ich mich wenden soll. „Wohin denn ich?“, möchte ich mit Kaschnitz ausrufen – wohin mit mir, wo ist mein Platz, wohin soll ich gehen? In den letzten Wochen sind mir, auch als Folge der Auseinandersetzung um mein umstrittenes Köln-Buch, einige

Freundschaften mit Kolleg*innen weggebrochen, so dass ich mich ein wenig wie im freien Fall wähne, unaufgehoben in dieser Welt. Ich kann in dieser Situation nur von Glück reden, dass – coronabedingt – derzeit keine sozialen Ereignisse stattfinden, die mich mit dem Scherbenhaufen einiger meiner Freundschaften konfrontieren würden. Besorgt male ich mir zukünftige Openings nach der Pandemie aus, bei denen der Ausstellungsraum einem verminten Gelände gleichen könnte. In jeder Ecke des Raumes steht in meiner paranoiden Vision eine Person, die mich zuletzt entweder enttäuscht hat oder auf Distanz zu mir gegangen ist. Ich imaginiere unfreundlich-abweisende Blicke, wohin ich mich auch wende. Dabei habe ich derartige Situationen, in denen an allen Ecken und Enden unbearbeitete Konflikte lauern, mein Leben lang tunlichst zu vermeiden versucht. Sobald es zu Zerwürfnissen mit Freund*innen und Bekannten kam, habe ich stets „Aussprachen" angestrebt, schon weil ich mich auch weiterhin entspannt in meinem sozialen Umfeld bewegen wollte. Jetzt fürchte ich eine Zukunft, in der ich für längere Zeit in einem Gewirr aus kaum mehr zu überblickenden Konflikten gefangen sein werde. Anders als früher lassen sich die aktuellen Brüche und Verwerfungen schwerer kitten. Mein Sozialleben könnte in der nächsten Zeit einem Spießrutenlauf gleichen. Die Landkarte meiner Freund*innen und Verbündeten, die mir bislang zur Orientierung diente, scheint veraltet, nicht mehr gültig zu sein. Ich weiß nicht, von welchem sozialen Gefüge ich überhaupt noch ausgehen kann. Angesichts meiner übersteigerten Wahrnehmung sozialer Isolation entwerfe ich Fluchtszenarien. Es braucht Abstand. Wie gerne würde ich mich an einen anderen Ort begeben, der den Umbau meines Soziallebens in weniger dramatischem Licht erscheinen ließe. Doch von „nicht notwendigen Reisen" wird derzeit wegen stetig steigender Infektionszahlen dringend abgeraten. Und die Gegend, in der ich wohne, wurde kürzlich zum „Risikogebiet" erklärt, weshalb auch naheliegende Fluchtorte wie die Ost- oder die Nordsee wegfallen. *I am stuck here*, inmitten von zahlreichen Freundschaftstrümmern, die sich in den letzten Wochen aufgetürmt zu haben scheinen.

5.12.2020

Neben dem Desaster der multiplen Freundschaftstode habe ich – das soll hier unbedingt erwähnt werden – auch viel Unterstützung erfahren. Beispielsweise rief mich Majorie jeden Morgen an oder ich sie. Obwohl sie mein Buch auch schwierig fand, war sie empört über die Verrisse meiner Freund*innen und über die Online-Angriffe gegen mich. Majorie half mir durch diese Zeit hindurch, indem sie das Geschehen in stundenlangen Gesprächen sorgfältig mit mir erörterte. Täglich gab es neue Entwicklungen zu verarbeiten, oft musste ich sie deshalb mehrmals am Tag anrufen und mit ihr konferieren. Als es um die Frage ging, welche persönlichen Konsequenzen aus dem Drama zu ziehen wären, riet sie mir zu einer „Politik der offenen Türen“. Und wenn mir alles zu viel wurde und ich in Verzweiflung über die Vehemenz der Reaktionen auf mein Buch verfiel, versuchte sie mich wieder aufzurichten. Große Unterstützung habe ich auch von jenen erfahren, die mein Buch zwar ebenfalls durchaus kritisch sahen, die harschen Reaktionen und persönlichen Diffamierungen jedoch als unverhältnismäßig ablehnten. Meine Künstlerfreundin Dominique zum Beispiel, die mein Buch als politisch fatal empfand, erkundigte sich trotzdem mehrmals pro Woche nach mir und gab mir Ratschläge, wie ich diese Zeit psychisch und taktisch überstehen könnte. Ich stand also keineswegs alleine da, obwohl es sich in manchen düsteren Momenten dieser Zeit so anfühlte.

Leider neige ich dazu, mich auf das Negative in meinem Leben zu konzentrieren, während ich die positiven Erlebnisse als gegeben hinnehme. Ich fixiere mich also auf die Enttäuschungen und Verletzungen und ziehe eine Negativbilanz, in der das Gute, etwa die Verlässlichkeit meiner engsten Freund*innen, gar nicht mehr vorkommt. Diese Verengung der Perspektive zeugt von einer falschen Gewichtung: Dem Beruflichen (und seinen Fallstricken) messe ich letztlich mehr Bedeutung bei als dem Privaten. Selbst wenn es familiär gut läuft, können mich berufliche Krisen richtiggehend in die Knie zwingen, so als würde all mein Glück von Erfolgen im Professionellen abhängen. Dass mich die Unterstützung meiner Freund*innen und Familienmitglieder letztlich nicht vollständig aufzurichten vermag, liegt vielleicht auch daran, dass mir deren Zahl im Vergleich zu der meiner Kritiker*innen im Moment recht klein erscheint. Diese Wahrnehmung könnte auch Symptom meiner Fixierung aufs Negative sein. Ich sehe mich derzeit von wenigen Leuten getragen und von vielen infrage gestellt. Und während sich meine Kritiker*innen häufig zu Wort zu melden scheinen und die Öffentlichkeit suchen, hüllen sich meine Unterstützer*innen tendenziell eher in Schweigen. Aus meiner Wahrnehmung habe ich also kaum Rückendeckung, ich stehe seit der Veröffentlichung des Buches unter Beschuss. „Selber schuld", scheinen mir die weniger Wohlmeinenden in diesem Moment zuzurufen, „das ist nun mal das Risiko, das du eingehst, wenn du dich mit einer populären Historisierung der Kölner Kunstszene im künstlerischen Feld angreifbar machst und dich öffentlich exponierst." In der Tat: Als mehr oder weniger in der Öffentlichkeit stehende Person muss ich wohl einen Umgang damit finden, gelegentlich als „Giftcontainer" zu fungieren, wie Klaus Theweleit diese Existenz einmal treffend genannt hat. Die anderen projizieren ihren Selbsthass auf einen, aber man selbst zieht das Toxische aufgrund der Fehler, die man macht, eben auch an. Es läge nahe, sich unter diesen Bedingungen in die schützende kleine Trutzburg der engsten Verbündeten zu flüchten, um fortan jegliche Auseinandersetzung im öffentlichen Raum zu meiden. Ein solcher Rückzug hätte zwar den Vorzug, mich aus der Schusslinie zu nehmen. Aber mit ihm wäre auch die Gefahr eines Solipsismus verknüpft: Mich nur noch im Kreis meiner Befürworter*innen aufzuhalten würde bedeuten, mich schärferer (aber berechtigter) Kritik, die mein Projekt grundsätzlich infrage stellt, nicht länger auszusetzen, sie nicht mehr in mein Denken und Schreiben zu integrieren. Meine Arbeit würde ich dann innerhalb eines Schutzwalles verrichten, durch den Externes nicht mehr einzudringen vermag. Das möchte ich um jeden Preis vermeiden. Rückzug ist keine Option. Doch in Zukunft wird abzuwägen sein, welchen sozialen Situationen ich mich aussetzen kann und womit ich mir zu viel zumute.

6.12.2020

Meine Freundin Solange, der ich die bisherigen Seiten dieses Buches zu lesen gegeben habe, hat mir geraten, zwischen den Passagen, in denen der Verlassenheitsdiskurs raumgreifend wird, und jenen, in denen beständige Freundschaften verzeichnet werden, stärker zu vermitteln. Sie hat recht, denn dieses Buch soll ja weder eine reine Klageschrift über verlorene (und eher instrumentell ausgerichtete) Freundschaften noch allein eine Hymne auf innige, verlässliche Bindungen sein.

Neben den Enttäuschungen der letzten Zeit habe ich immer wieder „wahre Freundschaft" erfahren, etwa durch Solange, die mir in Krisensituationen die Stange hielt und auch dann noch an meiner Seite blieb, wenn ich mit dem Rücken zur Wand zu stehen glaubte. Ich blicke also nicht nur auf einen Scherbenhaufen zerbrochener Freundschaften zurück, sondern es gab und gibt im Gegenteil zahlreiche Freund*innen, die mich, wie zuletzt Majorie, nach Online-Attacken auf meine Person in den Sozialen Medien sogleich anrufen, um mir mitzuteilen, wie leid ihnen das tue. Das Schlimme am Cyber-Mobbing ist ja, dass sich auch vormals Verbündete gegen einen wenden, so dass man sich gänzlich alleine gelassen wähnt, wie zum Abschuss freigegeben. Man erlebt sich als Zielscheibe eines grenzenlosen Hasses, den man sich letztlich nicht zu erklären vermag. Erschwerend kommt hinzu, dass kaum jemand den Hatern Einhalt gebietet und sich online schützend vor einen stellt. Was mich in solchen Momenten tröstet, in denen ich mich wie ein geprügelter Hund durch den Alltag schleppe, sind die mitfühlenden Worte meiner engsten Freund*innen.

In ihren Reflexionen über die Freundschaft hat auch Hannah Arendt das *Gespräch* zu demjenigen Medium erklärt, in dem Freundschaft gelebt wird. Gespräche sind – da würde ich ihr und dem bereits erwähnten Schobin zustimmen – die gängige soziale Praxis der Freundschaft.

Sie stellen nicht nur Freundschaft her, in ihnen bewährt und aktualisiert sie sich auch. Freundschaftliche Gespräche setzen allerdings die Existenz eines geschützten Raums voraus, in dem sich der Freundin all das mitteilen lässt, was einen bewegt. Gestern zum Beispiel, nach einem gemeinsamen Essen (ausnahmsweise doch *indoors*, mit großem Abstand und bei geöffneten Fenstern) mit Solange, wurde mir einmal mehr bewusst, wie geradezu lebenswichtig die Gespräche mit ihr für mich sind. Nicht nur kann ich ihr in einer solchen Situation meine schwerwiegendsten Sorgen, Befürchtungen und Ängste anvertrauen. Mehr noch: Auch die positiven Entwicklungen, die in unserem Leben zum Glück nicht selten sind, feiern wir gemeinsam. Es gibt keine Missgunst zwischen uns, jede gönnt der anderen auch das Gute, das ihr widerfährt. Und falls es doch einmal dazu kommen sollte, dass die Erfolgsmeldungen der einen der anderen einen kleinen Stich versetzen, thematisieren wir dies sogleich. Ich muss deshalb nicht befürchten, dass Solange meine kleinen und größeren Erfolge mit Neid oder Missgunst quittiert. Diese negativen Affekte äußern sich ja in der Regel in einer Unfähigkeit zur Anteilnahme – ein solches Unvermögen lässt sich bei Solange auch beim bösesten Willen nicht erkennen.

Es sind blitzschnelle Registerwechsel, durch die sich unsere Gespräche auszeichnen. Sowohl private als auch berufliche Missstände werden in fließendem Übergang und hohem Tempo verhandelt. „We covered a lot of ground", pflegen wir in solchen Momenten befriedigt festzustellen. Nicht immer finden wir Lösungen im Gespräch, zuweilen brechen wir einfach nur in schallendes Gelächter aus und helfen uns dadurch über die scheinbare Ausweglosigkeit, etwa von Beziehungsproblemen, hinweg. Das gemeinsame Lachen nimmt ihnen die Schwere. Nach jedem Abendessen mit Solange trete ich in aufgeräumter und gehobener Stimmung den Heimweg an. Und gleich am nächsten Morgen, oft noch im Schlafanzug, beginne ich damit, ihre Ratschläge in die Tat umzusetzen. Allein dadurch, dass sich Solange eingehend mit meiner Lage befasst, fühle ich mich dieser viel eher gewachsen. Dank ihrer Bereitschaft und Fähigkeit, sich in mich hineinzuversetzen, kann ich mich selbst durch ihre Augen sehen, was es mir erlaubt, den Wert meines eigenen Lebens zu erkennen. Plötzlich lohnt sich das Weitermachen, und es gelingt mir besser, die anstehenden Probleme anzugehen. Ohne den Zuspruch von Solange hätte ich womöglich längst aufgegeben.

7.12.2020

Nun wäre es allerdings falsch zu behaupten, dass meiner Freundschaft mit Solange jeglicher instrumentelle Zug abgeht. Oft profitieren wir in beruflicher Hinsicht voneinander, es kommt sogar vor, dass wir einander förmlich zuarbeiten. Das Spektrum reicht dabei von Lektüreempfehlungen über strategische Ratschläge bis hin zu Vorschlägen für potenzielle Kooperationspartner*innen. Entscheidend für die besondere Qualität unserer Beziehung ist jedoch, dass sie in diesen „Freundschaftsdiensten“ nicht aufgeht. Unsere berufliche Unterstützung füreinander ist nur eine der vielen Säulen, auf denen unsere Freundschaft ruht. Ein weitaus tragfähigeres Fundament bildet unsere tiefe Zuneigung füreinander. Würde eine von uns sich beispielsweise beruflich neu orientieren oder sich aus dem Kunstfeld gänzlich zurückziehen, würde dies der Innigkeit unserer Bindung keinen Abbruch tun. In liebevoller Zugewandtheit teilen wir der anderen auch mit, wenn wir glauben, dass sie in ihrem Berufs- oder Privatleben einen falschen Weg einschlägt. Die Lebensentscheidungen der anderen werden also keineswegs unbefragt gutgeheißen. Im Gegenteil: Wir führen uns auch gegenseitig die möglicherweise fatalen Konsequenzen unserer Handlungen vor Augen. Es geht also nicht nur darum, sich empathisch in die Lage der anderen hineinzuversetzen, sondern diese auch distanziert zu betrachten. Regelmäßig warnt mich Solange zum Beispiel, wenn ich mich in ihren Augen durch bestimmte Schritte angreifbar mache oder unnötige Risiken eingehe. Selbst wenn ich ihre Bedenken nicht teile, muss ich sie ernst nehmen – denn Solange hat nur meinen Schutz im Sinn. Sie spricht Warnungen aus, weil sie verhindern möchte, dass ich in Schwierigkeiten gerate. Während ich es bei einigen meiner Kunstbetriebsfreund*innen erlebt habe, dass ihre Ratschläge mich, oft unbeabsichtigt, ins offene Messer rennen ließen, kann ich bei Solange sicher davon ausgehen, dass sie nur meine Interessen verfolgt. Wie bereits angedeutet, ist es uns auch gelungen, die in jeder freundschaftlichen Bindung unweigerlich auftauchenden Neidgefühle in Schach zu halten. Wenn eine von uns persönliches Glück erlebt, wenn es ihr also eine Weile in jeder Hinsicht fabelhaft geht, dann freut sich die andere für sie, auch wenn sie sich selbst möglicherweise in einer krisenhaften Lage befindet. So war es zum Beispiel, als ich meinen Partner kennenlernte und mit ihm eine Phase des exzessiven Liebestaumels erlebte, während Solange ihren Liebeskummer und ihre missglückten Versuche einer neuen Beziehung zu verarbeiten hatte. Zwar machte sie keinen Hehl daraus, dass die Konfrontation mit meinem Liebesglück nicht einfach für sie war. Trotzdem stand sie mir weiterhin mit Rat und Tat zur Seite und freute sich für mich – nicht zuletzt deshalb, weil meine Situation auch ihr Hoffnung gab. Wenn es mir möglich war, eine glückliche Liebesbeziehung zu führen, dann würde auch Solange mit jemandem glücklich werden. Seit vielen Jahren schon verfolgen wir wechselseitig wohlwollend unsere unterschiedlichen Lebensphasen. Jede ist Zeugin des Lebens der anderen, bestätigt also, dass dieses Leben bedeutsam und wertvoll ist. In Anbetracht des Umstands, dass meine Eltern – Kronzeugen meiner Existenz – vor ein paar Jahren gestorben sind, ist mir diese mich meiner Existenz versichernde Freundschaft noch kostbarer geworden.

8.12.2020

Meine Freundschaft mit Solange ist daher ein weiterer schlagender Beweis dafür, dass die strikte aristotelische Unterscheidung zwischen „wahrer, uneigennütziger Freundschaft" und „Nutzenfreundschaft" nicht greift. So wie die Grenze zwischen Privat- und Berufsleben in der Spätmoderne verwischt wurde, können inzwischen auch uneigennützige „Tugendfreundschaften", wie Aristoteles sie auch nannte, nicht mehr trennscharf von „Nutzenfreundschaften" abgegrenzt werden. Im Gegenteil: Die beiden

Freundschaftstypen gehen zumeist ineinander über. Mit dieser Vermischung von „uneigennütziger" und „nutzbringender" Freundschaft sind neue Probleme verknüpft, auf die uns niemand vorbereitet hat. Enttäuscht wurde ich von zahlreichen Kunstbetriebsfreundschaften zum Beispiel dann, wenn ich die Erwartungen einer „Tugendfreundschaft" an sie herantrug, wenn ich also um meiner selbst willen geschätzt werden wollte. Ich empfand es als schmerzhaft und desillusionierend, wenn eine aus meiner Sicht eher uneigennützige Tugendfreundschaft plötzlich ihr wahres Gesicht, das einer primär auf Nutzen ausgerichteten Freundschaft zeigte. So ist es vielen Freund*innen sicherlich auch umgekehrt mit mir ergangen: dass sie von mir für ihr Wesen geschätzt werden wollten und irgendwann feststellten, dass meine Freundschaft zu ihnen von Nutzenerwägungen überformt war. Oft ist den Beteiligten diese Verquickung zwischen Wertschätzung und Nutzenorientierung in ihren freundschaftlichen Bindungen durchaus bewusst. Meine Freundschaft mit Solange ist vor diesem Hintergrund auch darin außergewöhnlich, dass sie nicht mit ihrem Nutzen steht und fällt. Dass wir uns beruflich durchaus nützlich sein können, ist nur ein Nebeneffekt dieser Freundschaft, nicht aber ihre *Raison d'Être*. Entscheidend ist vielmehr, dass wir uns einander verschrieben haben, und zwar unabhängig vom potenziellen Nutzen dieser Verbindung. Ihr Kern scheint mir in einer Art nutzenunabhängiger, ethischer Verpflichtung füreinander zu bestehen. Nun ist eine solche ethische Verantwortung für die andere im Prinzip natürlich jederzeit kündbar, etwa in dem Moment, in dem die Freundin mit ihrem Verhalten radikal gegen die eigenen ethischen Prinzipien verstößt. Da Solange und ich jedoch einem ähnlichen ethischen Kompass folgen, ist diese Variante eines *falling out* eher unwahrscheinlich.

Mein Vertrauen in Solange geht vielmehr so weit, dass ich ihr gegebenenfalls das Ruder in meinem Leben überlassen und ihr, falls nötig, die Vorsorgevollmacht im Krankheitsfall erteilen würde. Wobei auch „Vertrauen" nicht frei von Nutzen ist, wie der Philosoph Martin Hartmann gezeigt hat. Trotz seines „intrinsischen Eigenwerts" sei das Vertrauen schon deshalb wesentlich instrumentell, weil sich mit ihm andere Werte realisieren ließen. Ohne Vertrauen gäbe es zum Beispiel den Wert der Freundschaft nicht, ohne Vertrauen würde auf dem Markt kein Austausch stattfinden. Vertrauen ist demnach nicht frei von Nutzen oder gar zweckfrei, sondern im Gegenteil: Es ist auf Praktiken ausgerichtet, die darauf beruhen. Was bedeutet das für mein Vertrauensverhältnis zu Solange? Das Vertrauen, das ich ihr entgegenbringe, ist ein Wert an sich und ermöglicht zugleich etwas so Nützliches und Zweckhaftes wie unsere Freundschaft. Analog zu unserer Freundschaft hat also auch unser Vertrauen zueinander einen instrumentellen Zug. Was die „Vertrauenspraxis" der Freundschaft Hartmann zufolge darüber hinaus auszeichnet, ist, dass sie der Gleichheit den Vorzug vor der Andersheit gibt. Vertrauen würde man – so Hartmann – tendenziell eher denjenigen entgegenbringen, deren Gefühle und Handlungen man als „angemessen" empfindet. Erst bestimmte Einstellungen und Praktiken machen also Vertrauen möglich. Auf Solange und mich trifft diese soziale Bedingtheit des Vertrauens durchaus zu: Obgleich in puncto „Klasse" aus unterschiedlichen Herkunftsmilieus kommend, bewegen wir uns im selben ethischen Rahmen, teilen grundlegende Überzeugungen (über Freundschaft zum Beispiel) und handeln auf eine für die andere nachvollziehbare Art und Weise. Auch der geteilte institutionelle Kontext (akademische Kunstgeschichte und Kunstkritik) ist der Vertrauensbildung zwischen uns durchaus förderlich. Man kann einander besser einschätzen, man sieht sich mit vergleichbaren Fragen und Problemen konfrontiert. Dass ich mit anderen Menschen, die in mir fremden institutionellen Bezügen verhaftet sind, nur selten ein vergleichbar intensives Vertrauensverhältnis pflege, wäre demnach nur folgerichtig. Denn das für Freundschaften unabdingbare Vertrauen gedeiht unter geteilten institutionellen Bedingungen besonders gut. Daraus folgt aber auch, dass sowohl Vertrauen als auch die auf Vertrauen basierenden Freundschaften etwas Ausschließendes haben: Wer mir schon aufgrund seines anderen Arbeitsumfeldes weniger vertraut ist, dem werde ich womöglich nicht so schnell nahekommen. Es ist daher weniger wahrscheinlich, dass ich mit dieser Person schnell eine tiefe freundschaftliche Beziehung eingehe.

15.12.2020

Beim Lesen von Derridas *Politik der Freundschaft* bin ich noch auf einen anderen Aspekt der Freundschaft gestoßen, den man als ihre gesellschaftspolitische Dimension bezeichnen könnte. Unter Berufung auf Aristoteles setzt Derrida die Freundschaft in Bezug zur Demokratie: Demokratie setze Gemeinschaft voraus, und Letztere sei ohne Freundschaft nicht denkbar. Somit wären Demokratie und Freundschaft wechselseitig aufeinander bezogen: ohne Freundschaft / Gemeinschaft keine Demokratie und ohne Demokratie sind die Bedingungen der Freundschaft erschwert. Mit Blick auf diesen inneren Konnex zwischen Freundschaft und Demokratie wundert es mich nicht, dass es sowohl die Freundschaft als auch die Demokratie derzeit schwer haben. Die Demokratie ist durch das Aufkommen von rechtspopulistischen Bewegungen gefährdet, und das Prinzip Freundschaft wird vor allem online ausgehöhlt, wo Freunde (*friends*) keine Freunde mehr sind. Wobei der Erfolg des zeitgenössischen Rechtspopulismus natürlich auch auf die digitalen Formen der Kommunikation zurückgeht, in denen persönliche Angriffe, Ressentiment-Entladungen und enthemmtes Aufeinander-Einschlagen an der Tagesordnung sind. Mit diesem Buch möchte ich allerdings nicht nur den vielfältigen Erosionen der Freundschaft in der heutigen Zeit – online und offline – nachgehen, sondern auch ein Loblied auf die Freundschaft unter widrigen Umständen anstimmen und mögliche Szenarien für ihr Fortbestehen entwerfen. Vom Derrida'schen Standpunkt aus betrachtet könnte mein Versuch einer Ehrenrettung der Freundschaft auch eine Art Demokratieverteidigung unter die Demokratie gefährdenden Umständen implizieren. Eine solche Lesart wäre durchaus in meinem Sinne: Freundschaft als Prototyp einer Gemeinschaft, die der Demokratie förderlich ist.

15.12.2020

Was bisher über Freundschaft gesagt wurde, muss um den Aspekt „Sorge um die Freund*innen" ergänzt werden. Es gibt freundschaftliche Zusammenhänge im künstlerischen Feld, in denen bedingungslose Loyalität und Fürsorge selbstverständlich sind. Ich denke hier vor allem an eine Gruppe von Bekannten, die sich vor ein paar Jahren rührend um ihren schwer an Leukämie erkrankten Freund kümmerten, ihn regelmäßig besuchten und bis zu seinem Tod pflegten. Der gesamte Freundeskreis organisierte sich um den zum Patienten gewordenen Freund herum. Besuche wurden untereinander koordiniert, der Freund wurde zu Arztterminen begleitet, es wurde mit ihm gebangt und gehofft, und als es ihm immer schlechter ging, sagten die an dieser Care-Arbeit Beteiligten ihre beruflichen Verpflichtungen ab, um auch in seinen letzten Stunden bei ihm sein zu können.

Die meisten von ihnen hatten auch enge berufliche Beziehungen zu ihm unterhalten. Als er jedoch immer schwächer und folglich arbeitsunfähig wurde, wandten sie sich keineswegs von ihm ab. Im Gegenteil: Sie verbrachten viel Zeit mit ihm, lasen ihm zum Beispiel etwas vor. Das Engagement dieser Gruppe für den erkrankten Freund war also keineswegs nutzenorientiert, sondern nah am aristotelischen Ideal der selbstlosen, uneigennützigen Freundschaft. Dabei kann der Einsatz für den Freund durchaus auch als etwas mit positiven Nebeneffekten Verbundenes angesehen werden: Durch seine Zugehörigkeit zum „Helferkreis" erfuhr jedes Gruppenmitglied auch eine Art Nobilitierung, und die Beziehungen der Helfer*innen untereinander intensivierten sich durch den gemeinsamen Fokus auf den kranken Freund. Es käme jedoch einer unzulässigen Unterstellung gleich, zu behaupten, es wäre den Besorgten vor allem um diese „Krankheitsgewinne" gegangen. Viel wichtiger erscheint mir, dass sich diese Freundesgruppe wie eine Großfamilie um den erkrankten Freund kümmerte. Man unterstützte sich gegenseitig darin, die enorme psychische Belastung auszuhalten, die die Begleitung eines Freundes in den Tod mit sich bringt. Das Engagement dieser Freundesgruppe bezeugt, dass Freundschaften längst familiäre Funktionen übernommen haben. Die Gemeinschaft der Freund*innen leistete hier jene Care-Arbeit, die früher in erster Linie der Familie vorbehalten war. Natürlich sind auch solche progressiv-fürsorglichen Freundesgruppen nicht frei von Machtkämpfen, Hierarchien oder Aggressionen. Aber Freundschaft bedeutet hier – im Unterschied zum Prinzip der Nutzenfreundschaft –, dass man Verantwortung füreinander übernimmt, auch bei Krankheit und Tod der Freund*innen. Zwar hat es solche freundschaftlichen Sorgepraktiken vereinzelt auch in den Kunstmilieus des 19. und 20. Jahrhunderts gegeben. Doch heute trifft man häufiger auf derartige Freundesgruppen, die sich um ihre erkrankten Freund*innen selbst kümmern. Statt sich von den Kranken abzuwenden, die aus der rein instrumentellen Sicht der Nutzenfreundschaft wenig zu bieten haben, stellen sie sicher, dass ihre Freund*innen nicht alleine sterben müssen.

16.12.2020

Apropos Freundeskreis, respektive: apropos Freundschaft mit vielen. In seiner *Politik der Freundschaft* geht Derrida auf das numerische Problem der Freundschaft ein. Er erinnert daran, dass die ethische Freundschaft, wie sie Aristoteles verstand, an das Gebot ihrer Seltenheit geknüpft war. Hymnisch besungen wurde die Freundschaft seit der Antike stets nur mit Blick auf (natürlich immer nur als männlich imaginierte) Freundespaare. Mehr als zwei Freunde durften es für die ethische Freundschaft nicht sein. Diese Begrenzung der Freundschaft auf zwei Personen ist heute kaum mehr vorstellbar. Zu beobachten ist vielmehr eine Inflationierung der *friends* und dies vor allem auf den digitalen Plattformen. Auch dank des „Networking"-Gebots der neoliberalen Ökonomie gelten freundschaftliche Kontakte inzwischen als ökonomische Ressource. Je mehr wir davon haben, desto besser für unser berufliches Weiterkommen. Freundschaftlich angehauchte Kontakte sind in einer vernetzten Ökonomie bekanntlich Gold wert.

Gemessen am Seltenheitsideal der Freundschaft, wie es Aristoteles propagierte, habe auch ich trotz der rezensionsbedingten Verminderung meiner Freundschaften immer noch zu viele Freund*innen. Multiple Freundschaften werden nach Aristoteles mit dem Verlust ihrer Einzigartigkeit bezahlt, denn einzigartige (singuläre) Freundschaften könne es nicht in Serie geben. In der Tat ist es manchmal geradezu verstörend, zu realisieren, dass eine enge Freundin von mir noch zahlreiche andere enge Bindungen unterhält. Wenn ich zum Beispiel mitbekomme, dass Majorie noch etliche andere intensive Freundschaften pflegt, erscheint mir die Intensität unserer Bindung dadurch ein wenig relativiert. Umgekehrt geht es meinen Freund*innen mit Sicherheit genauso: Auch sie müssen damit umgehen, dass ich mit anderen Freund*innen in einem vergleichbar engen Austausch stehe. Im Prinzip sollte die Freundschaft ja nicht mit Besitzdenken einhergehen. Doch es ist nicht immer leicht, die enge Freundin mit anderen zu teilen. Zugleich freue ich mich aber auch für sie, dass sie so viele Freund*innen hat. Mehr noch: Dank der Begegnung mit ihnen lerne ich neue Menschen kennen, die auch mein Leben bereichern.

Auch Derrida war der Ansicht, dass die Vervielfältigung der Freundschaft deren Exklusivität nicht notwendig bedrohen muss. Er setzte vielmehr auf inklusive, multiple Freundschaften, indem er den Aristoteles zugeschriebenen Ausruf „O Freunde, es gibt keinen Freund" nicht wie üblich als eine Klage über den nicht existenten Freund am Ende seines Lebens verstand, sondern umgekehrt: als Plädoyer für die vielen Freunde („O Freunde"). Derrida zufolge hat Aristoteles nur scheinbar bedauert, dass es „keinen Freund" gebe, in Wahrheit habe er sich für die Pluralisierung der Freundschaft stark gemacht. Von dieser Interpretation ausgehend entwickelt Derrida einen erweiterten Freundschaftsbegriff, der in letzter Konsequenz auf das von ihm ebenfalls propagierte Ideal der „Gastfreundschaft" zuläuft. Gastfreundschaft als politisches Ideal bedeutet, dass auch die Fremden wie Freund*innen empfangen und behandelt werden. Die große Stärke von

Derridas inklusiverem Freundschaftsbegriff sehe ich darin, dass er mit der ausgrenzenden Exklusivität des traditionell männlichen Freundespaares bricht.

Zugleich steht Derridas Präferenz für die „vielen“ heute aber auch unter anderen Vorzeichen, etwa mit Blick auf die bereits erwähnte Inflationierung der Freundschaft in den Sozialen Medien. Freund*innen sind online so zahllos wie austauschbar geworden, und von freundschaftlichen Verpflichtungen kann hier keine Rede mehr sein. Angesichts von vollständig ersetzbar gewordenen Online-*friends* könnte es durchaus sinnvoll sein, sich mit Aristoteles (und gegen Derrida) auf den Seltenheitswert „wahrer“ Freund*innen im analogen Leben zu besinnen, die man für ihre Einzigartigkeit schätzt. Nur wenige „wahre Freund*innen“ zu haben muss ja nicht zwangsläufig bedeuten, dass man sich anderen gegenüber verschließt und innerhalb seiner „Bubble“ verbleibt. Man könnte seine einzigartigen Freundschaften also pflegen und zugleich Derridas Ideal der Gastfreundschaft mit Leben füllen. Nur würde es sich dabei um unterschiedliche Freundschaftstypen handeln, denen man gleichzeitig zu ihrem Recht verhilft, ohne sie gegeneinander auszuspielen.

18.12.2020

Zum Thema Freundschaften in der Kunstwelt stieß ich kürzlich auf eine interessante Studie, derzufolge nicht das Werk der Künstler*innen, sondern die Anzahl ihrer Freund*innen und der internationalen Kontakte für den Prozess ihrer institutionellen Anerkennung ausschlaggebend sei. Je internationaler, globaler die freundschaftlichen Kontakte des Künstlers*der Künstlerin ausfielen, desto besser sei dies für den Markterfolg. Zumindest wird das für die 1960er Jahre festgestellt, und ich habe keinen Anlass, zu vermuten, dass die Situation heute eine andere ist. Denn Freund*innen zu haben bedeutet im Idealfall, von ihnen gefördert oder an die Agent*innen des Marktes weiterempfohlen zu werden. Dass es vor allem „persönliche Empfehlungen“ sind, über die „Vertrauen in die Fähigkeiten eines Arbeitssubjekts“ aufgebaut wird, hat auch Andreas Reckwitz in *Die Gesellschaft der Singularitäten* für die Gesamtgesellschaft gezeigt. Empfehlungen sind hier vertrauens- und wertbildende Maßnahmen. In der informellen Ökonomie der Kunstwelt hängt es ebenfalls oft von den Empfehlungen der Kolleg*innen ab, ob ein Werk institutionelle Aufmerksamkeit und Anerkennung erfährt. Diese „Hinterzimmerpolitik" gehört seit der Frühen Neuzeit zu ihren beständigsten Ritualen. Seit den 1990er Jahren hat sich dieses zuvor recht überschaubare Milieu jedoch aufgrund eines Strukturwandels in eine globale Industrie verwandelt, in der der entfesselte Wettbewerb und die gnadenlose Konkurrenz regieren. Auf das Prinzip der Empfehlung hat sich dieser Strukturwandel meiner Beobachtung nach dahingehend ausgewirkt, dass nun Freund*innen häufig gerade *nicht* empfohlen werden, da sie potenzielle Konkurrent*innen darstellen. Stattdessen neigen viele dazu, sich eher für unbekannte, entfernte Kolleg*innen einzusetzen, die einen neuen Kontakt verheißen, der potenziell lohnenswerter erscheint. Mit einer solchen Empfehlungspolitik, die die naheliegende Freundin übergeht, gelingt es zudem, Letztere aus dem Wettbewerb zu katapultieren. Auch ich habe diese Erfahrung gemacht, dass es häufig eher die mir nahestehenden Kolleg*innen sind, die meine Arbeit übergehen oder mich nicht zu Konferenzen über meine Forschungsthemen einladen. Sie ignorieren auch konsequent meine Publikationen, während sie sich begierig auf vergleichbare Schriften jener Kolleg*innen stürzen, die ihnen persönlich unbekannt sind. Während sie Letztere also weiterempfahlen und einluden, schienen sie meine Position irgendwie *for granted* zu nehmen.

Ich selbst bin von dieser Zurückhaltung, Freund*innen zu empfehlen, allerdings auch nicht frei. Statt das Naheliegende zu tun – also die geschätzte Arbeit der Freundin / Kollegin zu befürworten –, bringe auch ich in bestimmten Situationen eher eine entfernte Kollegin ins Spiel. Einmal abgesehen davon, dass Konkurrenzdenken auch hier sicherlich latent mitspielt, gibt es noch weitere Gründe für mein Zögern, Freund*innen für einen Job vorzuschlagen. Ich möchte mir nicht den Nepotismus-

Vorwurf einhandeln und bin mir zudem der Gefahr bewusst, dass mein Einsatz für die Freundin eine Freundschaftsgefährdung bedeuten kann. Sind nämlich freundschaftliche und berufliche Beziehung miteinander verquickt, kann jeder berufliche Ärger mit der Arbeitskollegin das Ende der Freundschaft bedeuten. Konflikte in der Freundschaft sind durch die Arbeitsbeziehung aber auch vorprogrammiert. Deshalb habe ich es häufig bewusst lieber unterlassen, eine*n Freund*in als Kolleg*in ins Spiel zu bringen, auch wenn er*sie fachlich hervorragend gepasst hätte – und zwar zum Wohle unserer Freundschaft. Inwieweit bei derartigen Entscheidungen auch Konkurrenzdenken unterschwellig mitspielt, ist im Nachhinein schwer zu bestimmen. Oder fällt es mir einfach nur schwer, mir mein eigenes zuweilen durchaus konkurrenzielles Verhalten einzugestehen?

19.12.2020

Gestern Nacht habe ich von Freund*innen und meiner Schwester in unterschiedlichen Konstellationen geträumt. Gemeinsam war all diesen Situationen, dass mir die soziale Teilhabe verweigert wurde. Ich blieb außen vor, obwohl ich beharrlich versuchte, mich ins Spiel zu bringen, und darum bat, „hereingelassen" zu werden. Aber man ignorierte mich. Die anderen waren zusammen, während mir das Los der Einzelgängerin zufiel. Zuerst tauchte mein Ex-Freund Carl auf, der mich, weil mit anderen beschäftigt, ignorierte, obwohl ich um seine Aufmerksamkeit buhlte. Dann traf ich auf meine Schwester Silvia, auch sie war von Freund*innen umringt und würdigte mich keines Blickes. Wie zuvor Carl gab auch sie mir zu verstehen, dass ihr die Freund*innen in diesem Moment wichtiger waren.

Dass diese beiden Traumfragmente um das Thema „sozialer Ausschluss" kreisen, scheint mir kein Zufall zu sein. Denn noch am Abend zuvor hatte ich mit einer Kollegin – Koautorin eines der besagten Verrisse – telefoniert, die ich bisher zu meinen Freund*innen gezählt hatte, der ich nun aber kaum mehr zu vertrauen vermochte. Nach dem recht unterkühlten Gespräch mit ihr muss ich (unbewusst) befürchtet haben, dass sich nun nicht nur sie, sondern ihr gesamter Freundeskreis von mir abwenden würde. Der Traum weist aber neben seinem paranoiden Plot noch auf etwas anderes hin: auf die Vergeblichkeit meines zähen Kampfes um Aufmerksamkeit und Zugehörigkeit seit der Kindheit. Schon das Wohlwollen meines Vaters erlangte ich nur durch außergewöhnliche Leistungen und ein Auftreten, das möglichst strahlend sein musste. Interesse wurde mir selten um meiner selbst willen entgegengebracht, ich musste dafür immer etwas tun. Auch im Kunstbetrieb hatte ich erst zahlreiche Initiationsrituale zu durchlaufen, bis ich dazugehörte. Meine Erfahrung war eigentlich zumeist, dass ich Gefahr laufe, außen vor zu bleiben, wenn ich nicht besonders laut die Trommel rühre. Die Traumfragmente zeugen auch von meiner Sorge, was passiert, wenn ich gar nichts mehr unternehme – dann bleibe ich womöglich ausgeschlossen. Tief in meinem Inneren bin ich der Überzeugung, dass kein Hahn nach mir krähen wird, wenn ich mich nicht selbst ins Spiel bringe.

Als Reaktion auf den Traum fasse ich jetzt folgenden Vorsatz: Ich werde in Zukunft damit aufhören, unausgesetzt Feuerwerke zu entfachen, und stattdessen einfach schauen, was passiert, wenn ich mich nicht so sehr anstrenge. Der mögliche Fall, dass dann gar nichts passiert, macht mir allerdings Angst. Aber diese Angst auszuhalten ist vielleicht immer noch besser als ein Leben lang Salto zu schlagen. Womöglich wollte mich der Traum auch den Schmerz nachleben lassen, den ich meiner Schwester oft zufügte, wenn ich ihr in Anwesenheit meiner Freund*innen das Gefühl gab, dass diese jetzt wichtiger für mich seien. Wie oft habe ich sie auf den zweiten oder dritten Platz verwiesen! Auf eben diesem Platz fand ich mich im Traum wieder, der mir eine doppelte Lektion erteilte: So fühlt es sich an, wenn man dich einfach ignoriert und übergeht. Und hör endlich damit auf, dir verzweifelt Gehör und Teilhabe verschaffen zu wollen. Unternimm einfach einmal gar nichts in diese Richtung und lass das, was dann passiert, auf dich zukommen.

20.12.2020

Je weiter ich mit dem Schreiben vorankomme, desto mehr Sorgen bereiten mir die möglichen Reaktionen meiner Freund*innen und Ex-Freund*innen auf das Erscheinen dieses Buches. Wie werden sie die Tatsache aufnehmen, dass ich darin meine Beziehungen zu ihnen verarbeite, wenn auch literarisch? Der Gedanke, es könnte ein kleiner Shitstorm über mich hereinbrechen, erfüllt mich mit Sorge. Vor lauter Anspannung vermag ich in solchen Momenten, in denen ich mir die negative Aufnahme durch die Freund*innen ausmale, nicht mehr weiterzuschreiben. Ich bin arbeitsunfähig. Es ist eine Anspannung, die mir buchstäblich in die Glieder fährt und sich in Form eines schmerzhaften Drucks im unteren Rücken bemerkbar macht. Wie gelähmt sitze ich am Schreibtisch. Vorauseilend fühle ich in solchen Momenten Scham in mir aufsteigen: Ich bin schamerfüllt, weil ich meine Freund*innen, die diversen Erlebnisse mit ihnen für dieses Projekt verarbeite und „benutze“. Ist es nicht geradezu perfide von mir, ein Buch über den instrumentellen Zug von Freundschaften im Kunstbetrieb zu verfassen und zugleich genau das zu tun: Freundschaften ausnutzen, indem ich sie zum Material dieses Buches mache? Oder geht an diesem Widerspruch, dass meine Kritik an instrumentellen Freundschaften auch ein instrumentelles Schöpfen aus diesen und den weniger nützenden Freundschaften selbst bedeutet, kein Weg vorbei? Für dieses Projekt scheint dieser Widerspruch jedenfalls konstitutiv zu sein. Die Fiktion bleibt vom persönlich Erlebten durchzogen, und ich denke, dass dieser Text ohne den Bezug auf meine Freundschaftserlebnisse an Sprengkraft verlieren würde. Schließlich werden die darin entfalteten Überlegungen zu den aktuellen Herausforderungen im Feld der Freundschaft von Ereignissen in meinem Leben angestoßen. Erst die konkrete Anschauung haucht der soziologischen Betrachtung Leben ein.

Auch aus methodischen Gründen kann ich das Erlebte nicht aussparen – habe ich mir doch vorgenommen, die sonst sorgfältig getrennten Ebenen „Analyse“ und „Emotion“ in diesem Projekt kurzzuschließen. Mich interessiert, wie gesellschaftliche Umbrüche und neue Zwänge in den partikularen Freundschaftspraktiken und Freundschaftsgefühlen Einzelner zum Ausdruck kommen. Es geht also um die Macht der Strukturen, die mein affektives Verhalten und das meiner Freund*innen beeinflussen, ohne es vollständig zu determinieren. Gesellschaftliche Strukturen lassen sich im Rahmen von Freundschaften aber auch *anders* verhandeln, zugunsten der „wahren“ und beglückenden Freundschaft sozusagen. Die mich umtreibende Frage ist, wie unter den aktuellen, erschwerten Bedingungen lebenslange und erfüllende Freundschaften gepflegt werden können.

Speziell der Kunstbetrieb könnte heftig auf den Versuch einer Entmystifizierung seiner Freundschaften reagieren. Dessen Akteur*innen hängen an der Vorstellung, mit all ihren Geschäftspartner*innen tatsächlich befreundet zu sein – und zwar um der Kunst willen. Kürzlich stieß ich auf ein in dieser Hinsicht symptomatisches Statement einer Sammlerin, die ihr Verhältnis zu einer für sie arbeitenden Kuratorin als *unshakeable friendship* charakterisiert. Vereint in der Liebe zur Kunst, soll die Freundschaft zwischen Sammlerin und Kuratorin unerschütterlich sein – eine Verklärung, die das Prekäre ihrer Freundschaft ausblendet, die sich ja auch als professionelle Abhängigkeitsbeziehung darstellt. Dass derart überzogene Erwartungen auf die Freundschaft gerichtet werden, geht meines Erachtens auch darauf zurück, dass die romantische Liebe entzaubert ist: An ihrem ökonomischen Charakter besteht aufgrund kultureller Phänomene wie Tinder oder dank der Studien von Eva Illouz kein Zweifel mehr. Die Freundschaft füllt vielleicht die Leerstelle, welche die romantische Liebe hinterlassen hat. Freundschaft ist jetzt ein Hoffnungsträger, auf sie richtet sich die Sehnsucht nach tragenden Beziehungen. Freundschaft steht, so gesehen, in der Logik des Kapitalismus. Aber niemand möchte das letzte Terrain aufgeben, auf dem noch scheinbar selbstlos und uneigennützig agiert werden kann. Dies gilt auch für mich.

21.12.2020

Gestern Nacht wieder ein Freundschaftstraum – dieses Mal ging es um meine Angst vor zu viel freundschaftlicher Nähe und vor dem damit verbundenem Kontrollverlust. Ich packe meinen Koffer, dabei penibel darauf achtend, dass ich auf alle Eventualitäten vorbereitet bin. Mögliche Wetterwechsel, sportliche Aktivitäten, Abendessen, die ein elegantes Outfit erfordern: All diese Situationen werden bei der Auswahl meiner Kleider bedacht. Ich packe für eine dreitägige Schiffsreise, die irgendwie gemeinsam mit Freund*innen geplant wurde. An Bord angekommen entdecke ich eine alte Freundin aus meiner Jugend, die mir mitteilt, dass das Schiff nicht drei, sondern mindestens zehn Tage lang unterwegs sein wird. Ich habe jedoch nur für drei Tage gepackt und beschließe nach kurzem Nachdenken, das Schiff wieder zu verlassen. Denn auf ein solches Experiment, zumal ohne die passende „Garderobe“, kann und will ich mich nicht einlassen. Es scheint mir undenkbar, nur spärlich mit Kleidung ausgestattet eine solche Reise „in Gesellschaft“ anzutreten. Mir Klamotten von den Freund*innen zu leihen ist keine schöne Vorstellung für mich – ich assoziiere das Angewiesen-Sein auf sie mit einem bedrohlichen Kontrollverlust. Um keinen Preis möchte ich auf meine sorgfältig zusammengestellten Outfits, auf meine schützende Rüstung verzichten. Die Kleider von anderen zu tragen verbinde ich mit der Gefahr, angreifbar zu werden, nicht mehr ich selbst zu sein, mir abhanden zu kommen.

Sobald ich entschieden habe, von Bord zu gehen, bin ich erleichtert. Denn die Aussicht, tagelang ohne Fluchtmöglichkeit mit einigen Freund*innen auf einem Schiff eingesperrt zu sein, erfüllt mich geradezu mit Panik. Ihre Anwesenheit will wohldosiert sein, ich habe nur begrenzt Kapazitäten, mich darauf einzulassen. Nach jedem Treffen möchte ich in die Abgeschiedenheit meines Arbeitszimmers zurückkehren können, wo ich die Dinge (mehr oder weniger) unter Kontrolle habe. Während einer solchen Schiffsreise wäre ich hingegen meinen Freund*innen durchgehend ausgeliefert, bei jeder Mahlzeit, bei jeder

Aktivität. Die bloße Vorstellung ihrer Dauerpräsenz löst eine Art vorgezogene Erschöpfungsdepression in mir aus. Statt diese Reise anzutreten, mit der ich weit aus meiner Komfortzone heraustreten würde, bleibe ich lieber zu Hause an meinem Schreibtisch.

Die Botschaft des Traumes scheint zu lauten: Auf das Abenteuer „Freundschaft“ kann ich mich nur begrenzt einlassen. Wenn das Zusammensein mit den Freund*innen mit der Fortführung meines gewohnten Lebens in Konflikt steht, trete ich den Rückzug an. Bin ich dem Traum zufolge am Ende zu „wahrer“ Freundschaft gar nicht fähig, da diese die Bereitschaft voraussetzt, sich auf das Wagnis des Andersseins der anderen einzulassen? Tatsächlich bin ich nur bedingt abenteuerlustig und alles andere als flexibel. Der Gedanke an eine Gruppenreise treibt mir den Angstschweiß auf die Stirn – auf Reisen mit Freund*innen buche ich daher grundsätzlich ein Einzelzimmer.

Es gibt aber noch eine andere „Wahrheit“, die ich bislang unterschlagen habe und die dem oben Ausgeführten (scheinbar) zuwiderläuft: Ich bin sehr offen für neue Freundschaften, zumal in ungewohnten Situationen wie während einer mehrere Tage andauernden Konferenz. Mein Freundschaftsverhalten ist also von Widersprüchen durchzogen. Denn trotz meines starken Rückzugsbedürfnisses bin ich offen dafür, neue Leute kennenzulernen, was sich auf längeren Tagungen in einer fremden Stadt besonders deutlich zeigt. Ein solcher Konferenzaufenthalt weist ja gewisse Parallelen zum Dasein an Bord meines Traumschiffes auf – man ist nie allein und muss sich auf Unvorhergesehenes einstellen. Für Akademiker*innen sind solche Konferenzen eine gute Gelegenheit, sich mit Kolleg*innen anzufreunden. Auch ich habe mich oft ad hoc auf *Konferenzfreundschaften* eingelassen, deren Besonderheit allerdings darin besteht, dass sie die jeweilige Tagung nur selten überdauern. Findet diese an einem abgelegenen Ort statt, kann das Zusammensein mit den Teilnehmer*innen dennoch recht intensiv ausfallen. Diese Intensität habe ich zumeist sehr genossen, weil sie Überraschendes verspricht und durchaus auch eine erotische Note haben kann. Ich habe oft beobachtet, dass sich Kolleg*innen auf einer Konferenz in eine Affäre stürzten. Und als wäre man auf einer Klassenfahrt, geht man auch eine regressive Komplizenschaft mit einigen Teilnehmer*innen ein: Alle Entscheidungen, etwa über die Tagesgestaltung, werden fortan *gemeinsam* getroffen – soll man einen Spaziergang machen oder sich den nächsten Vortrag anhören? Es ist, als lebe man für den Zeitraum der Konferenz mit jemandem zusammen, den man in Wahrheit kaum kennt. Unmittelbar nach dem Eintreffen auf der Konferenz halte ich nach potenziellen Verbündeten Ausschau, mit denen ich dann – wenn der Pakt funktioniert – bei jeder Mahlzeit zusammensitze. Dass man sich schnell näherkommt, kann fachliche Gründe haben, basiert aber oft auch schlicht auf Sympathie. Auf Konferenzen kommt es häufig vor, dass man sich gerade mit der Person am besten versteht, mit der man inhaltlich eigentlich gar nichts am Hut hat. Sie entspricht einem aufgrund ihres Habitus oder ihres Lebensstils. Schon frühmorgens trifft man zerschlagen im Frühstücksraum des Hotels auf alle, mit denen man den Abend in der Bar verbracht hat. Man teilt die Erschöpfung, man erlebt einander unausgeschlafen, was Intimität erzeugt. Aufgrund dieses ständigen Zusammenseins entsteht eine Vertrautheit, die sich sonst erst nach Jahren einstellt. Meiner Erfahrung nach bilden sich auf jeder Konferenz solche Freundespaare oder familiären Bündnisse, das scheint ein anthropologisches Gesetz der Tagung zu sein. Anstrengende Konferenztage mit Nonstop-Input lassen sich einfach besser überstehen, wenn man die Vorträge mit einem*einer Mitstreiter*in diskutieren, wenn man die Kaffeepause gemeinsam am Stehtisch verbringen kann.

Es gibt allerdings einen neuralgischen Punkt, an dem sich das Schicksal dieser Bündnisse entscheidet: wenn es für die Konferenzfreund*innen an der Zeit ist, ihre Vorträge zu halten. Sei es, dass sich der*die Vortragende in den Augen ihres Konferenzfreundes*ihrer Konferenzfreundin mit seinem*ihrem Vortrag diskreditiert hat, sei es, dass sich aufgrund der Vorträge oder Kommentare unüberbrückbare Gräben zwischen den Konferenzfreund*innen auftun: Das Freundschaftsgeschehen auf Konferenzen ist ausgesprochen dynamisch. Oft bedarf es nur einer wahlweise positiven oder abfälligen Bemerkung zum Vortrag eines Teilnehmers*einer Teilnehmerin, damit neue Freundschaften oder Feindschaften entstehen. Mehr noch als gewöhnliche „Nutzenfreundschaften" sind Konferenzfreundschaften *jederzeit* kündbar. Schon die kritische Nachfrage zu einem Vortrag kann das Ende der Konferenzfreundschaft einläuten. Denn für die Vortragende stellt diese Nachfrage keine Kleinigkeit dar: Im schlimmsten Fall sieht sie ihre Arbeit dadurch diskreditiert. Die zuvor noch freundschaftlichen Gefühle für den Nachfragenden verkehren sich ins Gegenteil, denn der potenzielle Konferenzfreund hat sich als ein akademischer Gegenspieler entpuppt.

9.1.2021

Roland Barthes blieben seiner Biografin Tiphaine Samoyault zufolge am Ende seines Lebens – nachdem er nicht mehr über das Sicherheitsnetz aus Strukturalismus, Semiologie und Marxismus verfügte – nur noch seine Freund*innen. Sie hätten ihn, den geistigen Trapezkünstler, vor dem Absturz bewahrt. Die Freund*innen sind hier an die Stelle von haltgebenden Denkschulen getreten, wobei ich mich frage, ob nicht auch der gegenteilige Fall hätte eintreten können: Barthes hätte sich mit dem Abschied von diesen Denkschulen auch von jenen Freund*innen distanzieren können, die an ihrer Orthodoxie weiterhin festhalten wollten. Einige seiner politischen Freund*innen haben es Barthes zweifellos übelgenommen, dass er sich kaum für die 68er-Bewegung engagierte. Nach dem Tod seiner Mutter träumte er stattdessen von einem anderen, weniger akademischen Schreiben. Er imaginierte ein neues Leben, eine *Vita Nova* und hielt Vorlesungen zur „Vorbereitung des Romans" (1978–1980). Barthes starb 1980, der erträumte Roman wurde nie geschrieben. Es blieb also bei den Vorbereitungen, doch immerhin: Das Ziel war gesteckt.

Ich kann mich in Barthes' Lage, vor allem was seine Unzufriedenheit mit dem akademischen Schreiben betrifft, durchaus hineindenken (sein Desinteresse an neueren sozialen Protestbewegungen teile ich hingegen nicht.) Ähnlich wie Barthes habe auch ich nach dem Tod meiner Eltern den Drang nach einer anderen Schreibweise verspürt, die sich vom akademischen Sound entfernt, ohne dass dabei jedoch wissenschaftliche Reflexionen gänzlich ausgespart werden. Ich sehnte mich nach einem freieren Schreiben und damit verbunden nach einem anderen Leben, in dem Persönliches und Affekte stärker zu ihrem Recht kommen. Doch anders als bei Barthes korrelierte die Blütezeit meiner Freundschaften – und dies gilt erst recht für meine „Nutzenfreundschaften" – mit dem kunstpolitischen Projekt, das ich gemeinsam mit meinen Freund*innen in den frühen 1990er Jahren verfolgte. Uns einte der Kampf gegen den wiedererstarkten Rassismus und Sexismus in dieser Zeit, uns verband, dass wir uns für bestimmte künstlerische Praktiken einsetzten, die zwischen den Eckpfeilern „Institutionskritik" und „konzeptuelle Malerei" anzusiedeln waren. Heute würde es uns hingegen ausgesprochen schwerfallen, uns überhaupt noch auf eine künstlerische Praxis zu einigen. Und obwohl allen klar ist, dass der Feind „rechts" steht und dass es „Wokeness" und „Identitätspolitik" im Prinzip zu verteidigen gilt, kommt es inzwischen unentwegt zu politischen Spaltungen unter meinen linken Genoss*innen und Freund*innen bei einer steten Verschiebung des Frontverlaufs.

Der Verlust ist bei mir also ein doppelter: Mit dem gemeinsamen kunstpolitischen Projekt sind mir auch Freundschaften verloren gegangen. Während Barthes den Abschied von bestimmten Denkschulen durch Freundschaften kompensiert hat, ist es aufgrund der Pluralität von Ansätzen, Methoden und politischen Meinungen zu einer Schwächung einiger meiner Freundschaften gekommen: Bestimmten Freund*innen und mir fehlt der ideologische Kitt, der uns zuvor zusammengehalten hat. Wir ziehen nicht mehr in jeder Hinsicht an einem Strang. Aber natürlich sind auch mir einige Freund*innen geblieben – entweder weil es uns gelungen ist, über inhaltliche und politische Differenzen hinweg befreundet zu bleiben oder weil wir uns auf bestimmte *essentials* einigen können und diese immer wieder neu situativ aushandeln. Indem wir das ideelle Fundament unserer Freundschaft stetig erneuern, wird sie immer inniger und tiefer. Analog zur Liebe (nach Theweleit) ist also auch Freundschaft Arbeit. So wie es Samoyault für Barthes beschreibt, geben auch mir die verbliebenen Freund*innen einen gewissen Halt. Dass sie jedoch ein Netz aufspannen würden … In dieser Hinsicht geht die Metapher von der Trapezkünstlerin an meiner Lebenswirklichkeit vorbei. Denn meine Freund*innen haben (zum Glück) anderes zu tun, als mich vor dem Absturz zu bewahren. Dafür, dass ich auf dem Trapez die Balance halte und nicht falle, muss ich letztlich selbst Sorge tragen.

10.1.2021

Vor ein paar Tagen habe ich die ersten fünfzig Manuskriptseiten dieses Freundschaftsbuches einer *Agentin* gegeben (mit der ich natürlich auch befreundet bin). Sie haben ihr sehr gut gefallen, auch sprachlich, und sie wird sich für mein Buch einsetzen. Ich kann mein Glück kaum fassen. Mit erstarktem Selbstwertgefühl – nicht ohne eine gewisse Hybris – frage ich mich nun, ob ich vielleicht dabei bin, mich in eine *Schriftstellerin* zu verwandeln. Es gibt mir einen ungemeinen Schwung, dass sie mein Manuskript für gut befindet. Jetzt denke ich darüber nach, wie es mir gelingen könnte, die Spannung der Erzählung bis zum Ende aufrechtzuerhalten, wie sich das Ganze abschließen ließe, ohne dass es langatmig wird. Unentwegt – auch nachts – drängen sich mir weitere Aspekte auf, die es in meinem Notizheft festzuhalten gilt. Durch die positive Reaktion meiner Agentin hat sich auch das Tempo meines Schreibens erhöht: Ich gehe es beherzter und selbstbewusster an, quäle mich nicht mehr so mit der Frage, ob dieses Vorhaben überhaupt sinnvoll und der Rede wert ist. Aber liegt darin, dass ich die Legitimität dieses Projekts weniger stark anzweifele, nicht auch eine große Gefahr? Ich bin jedenfalls in Sorge, dass das Buch nun in zwei Hälften zerfällt: In eine erste, die in einer eher desillusioniert-mutlosen Stimmung verfasst wurde, und eine zweite, die von Enthusiasmus und Optimismus getragen ist. Braucht mein Schreiben womöglich die Niedergeschlagenheit der ersten Zeit, damit es als „dringlich“ oder „notwendig“ empfunden werden kann? Oder reproduziere ich mit diesem Gedanken nur das alte Klischee des produktiven Unglücks der Autorin?

Wie auch immer, es wäre vielleicht doch besser gewesen, abzuwarten, bis die Sache zu Ende geschrieben ist, bevor ich das Buch meiner Agentin gebe. Denn ihre positive Reaktion hat auch Auswirkungen auf meine psychische Verfasstheit: Ich bin seither eigentümlich nervös und aufgekratzt, ihre Zustimmung lässt mich ganz kirre werden, und es fällt mir schwerer als sonst, mich zu konzentrieren. Plötzlich verbringe ich viel Zeit damit, mir den möglichen Erfolg dieses Buches in schillernden Farben auszumalen. Es keimt die Hoffnung in mir auf, dass ich vielleicht mit meinem Schreiben mehr Geld verdienen könnte, dass sich der Versuch, nicht nur als Kunstkritikerin, sondern auch als Schriftstellerin zu arbeiten, auch in finanzieller Hinsicht lohnen würde. An diesem Punkt überschlagen sich dann die Bilder in meinem Kopf: Ich sehe mich – wie Knausgård – in einem herrschaftlichen „Anwesen“ sitzen, den Tag mit dem Schreiben verbringend, zwischendurch in den Pool springend. Dann aber trete ich wieder aus der Illusion heraus und vergegenwärtige mir mein Leben: Zwar bin ich vergleichsweise privilegiert und finanziell abgesichert, doch mein Kontostand ist trotzdem notorisch niedrig. Ein Anwesen oder auch nur eine Ferienwohnung liegen derzeit außerhalb meiner Reichweite. Und womöglich täte es meinem Schreiben auch gar nicht gut, wenn ich ein sattes und saturiertes Leben führen würde, wenn es also nichts mehr zu ersehnen gäbe, wenn sich all meine materiellen Träume erfüllen würden. Dass dies ausgerechnet mit diesem Buch geschehen könnte, ist ohnehin mehr als unwahrscheinlich. Aber meine Agentin hat mir mit ihrem Enthusiasmus einen Floh ins Ohr gesetzt.

12.1.2021

Heute ist mir klar geworden, dass ich das Konzept „Nutzenfreundschaft“ noch weiter verfeinern muss – vor allem mit Blick auf meine wunderbare Freundin Evelyne, mit der ich gestern telefoniert habe. Evelyne ist eine Ausnahmegestalt unter meinen Künstlerfreundinnen: Sie ist extrem offen und interessiert an anderen Menschen, empathisch und immer dazu bereit, anderen zu helfen, wenn diese in eine missliche Lage geraten. Von außen betrachtet könnte man unsere Freundschaft für eine klassische „Nutzenfreundschaft“ zwischen einer (anerkannten) Kritikerin und einer (erfolgreichen) Künstlerin halten. In Wahrheit ist es jedoch komplizierter. Denn in erster Linie bin ich es, die von dieser Freundschaft profitiert, und zwar gleich in mehrfacher Hinsicht. Allein dass ich Evelyne – eine international beachtete, institutionell angesehene und markterfolgreiche Künstlerin – seit vielen Jahren kenne, macht mich zu einer Schlüsselfigur des Kunstbetriebs. Die persönliche Nähe zu und die Vertrautheit mit ihr wertet gewissermaßen auch mich auf. Oft wenden sich deshalb Kurator*innen oder Kritiker*innen an mich, wenn sie an Evelyne herankommen wollen. Meine Aufgabe besteht dann darin, sie alle abzuwimmeln, was mit Evelyne natürlich abgesprochen und ganz in ihrem Sinne ist. Denn sie lebt sehr zurückgezogen in Südfrankreich und möchte so wenig wie möglich mit Anfragen aller Art behelligt werden. Auch weigert sie sich, Interviews zu geben. Ich helfe ihr also gelegentlich dabei, eine Art Bannmeile um sich zu errichten, damit sie unerreichbar bleibt.

Was Evelyne von anderen markterfolgreichen Künstler*innen unterscheidet, ist, dass sie kein Interesse daran hat, noch erfolgreicher zu werden. Sie expandiert nicht und versucht auch nicht zwanghaft, immer mehr Geld zu verdienen. Im Gegenteil: Häufig schlägt sie lukrative Angebote aus, weil sie genug Geld zu haben meint und weil sie ihre Freiheit gegen den Druck von außen entschieden verteidigt. In den Gesprächen mit ihr habe ich es zudem immer als ausgesprochen entlastend empfunden, dass sie sich nicht für allzu bedeutend hält. Obwohl sie natürlich stolz ist auf das Erreichte, weiß sie auch, dass Erfolg nicht nur auf Leistungen beruht, sondern dass auch „Glück“ vonnöten ist und ein wenig vom „Zur-rechten-Zeit-am-richtigen-Ort-Sein“. Erfolg ist nichts, das man sich alleine erarbeitet, er ist immer auch die Frucht gesellschaftlicher Begebenheiten und in Teilen dem Zufall geschuldet. Wohl aus diesem Grund nimmt Evelyne sich und ihre Kunst nicht so ernst und wichtig, wie es viele andere Künstler*innen tun.

Ein zentrales Merkmal unserer Freundschaft ist ihre Großzügigkeit mir gegenüber. Sie hat noch nie eine Gegenleistung erwartet für das, was sie mir gibt. Wir haben uns stillschweigend darauf geeinigt, dass ich gar nichts für sie tue. Ich schreibe keine Katalogtexte für sie und halte auch keine Vorträge über ihre Arbeit. Sie überhäuft mich hingegen mit Geschenken. Evelyne scheint die Menschen in ihrem näheren Umfeld an ihrem Erfolg beteiligen zu wollen. Sie leistet sich die Großzügigkeit, nicht buchhalterisch zu registrieren, ob sie von der anderen Seite etwas für ihre Gaben zurückbekommt. Ich kann mich hingegen von diesen Berechnungen nicht gänzlich frei machen. Es stresst mich manchmal, dass ich ihr so wenig zurückgeben kann – jedenfalls auf materieller Ebene. Dafür stehe ich ihr als Person mit allem, was mich ausmacht, zur Verfügung. In langen Telefonaten sprechen wir über ein breites Themenspektrum, das von gesundheitlichen Problemen über anstehende berufliche Entscheidungen bis hin zu unseren jeweiligen Lektüren reicht. Evelyne gehört zu jenen Künstler*innen, die sich wohler fühlen, wenn arbeitsfremde Themen erörtert werden: Alles, was nicht unmittelbar mit ihrer Kunst zusammenhängt, wird von ihr begeistert aufgegriffen. Wenn ich sie hingegen auf eine ihrer Ausstellungen anspreche – was ohnehin selten geschieht, da ich ihre Zurückhaltung auf diesem Gebiet kenne –, wird sie einsilbig. Viel mehr interessieren sie psychologische Fragen sowie Filme, Bücher und die Persönlichkeiten bestimmter Schriftsteller*innen oder Wissenschaftler*innen und die Art und Weise, wie sich Letztere in Online-Vorträgen präsentieren.

Dass sie das Gespräch lieber von ihrer Arbeit weglenkt, passt zu dem wohltuenden Mangel an Selbstbezogenheit, der ihr eigen ist. Statt unentwegt über den augenblicklichen Stand der eigenen Arbeit zu referieren, führt Evelyne ihre Gesprächspartner*innen lieber so weit wie möglich davon weg. Man kann ihr (scheinbares) Desinteresse an der eigenen Kunst auch als ein Zeichen von Souveränität deuten: Sie will die Themen, die sie beschäftigen, nicht anderen aufdrängen. Und ich denke, ihre Arbeit profitiert davon, dass ihr Denken nicht ständig um sie kreist. Es passt zum nonchalanten Erscheinungsbild ihrer Werke, dass Evelyne nicht die Rolle des *obsessed artist* spielt. Stattdessen scheint sie jedes Gespräch, jede Begegnung als eine Chance zu begreifen, sich *nicht* mit der eigenen Kunst beschäftigen zu müssen, diese außen vor zu lassen. Sie hat auch ein Gespür dafür, was für eine Zumutung selbstbezogennarzisstische Monologe für das Gegenüber sind. Durch ihre Freude an kunstfernen Themen ist der Austausch mit ihr immer leicht und entspannend – sie kommt ohne Selbstpromotion aus. Mir passiert es hingegen schon gelegentlich, dass ich Evelyne in einem Telefonat auf meine Bücher und Texte hinweise. Ich nehme mir fest vor, das in Zukunft tunlichst zu vermeiden.

Beim Wiederlesen dieses Eintrags realisiere ich, dass ich Gefahr laufe, Evelyne zu einer Art Lichtgestalt zu verklären, mit der ich eine „vollständige und vollkommene Freundschaft" à la Montaigne führe. Auch Montaigne idealisierte seine Verbindung zu Étienne de la Boétie als eine Freundschaft jenseits des Nutzens – Motive wie „Ziel" oder „Gewinn", die ohnehin nichts mit Freundschaft zu tun hätten, wären ihr nicht „beigemischt" gewesen. Montaigne betonte allerdings auch den Ausnahmecharakter seiner Verbindung zu de la Boétie, da eine derartige Beziehung „unter den Menschen von heute" seiner Meinung nach eine Seltenheit geworden war. Wie zuvor schon Aristoteles, der den „wahren Freund" zum „zweiten Ich" erklärte, beschwor Montaigne eine „vollkommene Einheit" zwischen den Freunden. Als eine Seele in zwei Körpern könnten sie sich „gegenseitig nichts leihen und nichts schenken". Von einer solchen Symbiose, von der Verschmelzung unserer Seelen, sind Evelyne und ich (zum Glück) weit entfernt. Gerade weil wir uns als jeweils singuläre Personen gegenübertreten, kann ein Austausch zwischen uns stattfinden, können wir uns gegenseitig beschenken.

Zwar stehe ich zu meiner Begeisterung für Evelynes selbstlose Bereitschaft, andere zu unterstützen. Ich muss aber auch ergänzend hinzufügen, dass ihre Großzügigkeit Grenzen hat – nicht jede*r kommt in den Genuss ihrer Zuwendungen. Oft erteilt sie den zahllosen Anfragen nach einer Arbeit von ihr eine Absage. Auch engagiert sie sich nicht wahllos für jede wohltätige Initiative. Und einige Mitglieder des Kunstbetriebs würden sie wahrscheinlich ganz anders beschreiben als ich, vielleicht als eher „eigen" oder „schwierig". Ich genieße den Vorteil, dass wir uns schon sehr lange kennen und dadurch ausgesprochen vertraut miteinander sind. Unsere Freundschaft erscheint – siehe Montaigne – wie aus der Zeit gefallen, denn ihr liegt nicht das im Kunstbetrieb gängige Prinzip „Eine Hand wäscht die andere" zugrunde. Ich denke, wir belohnen uns gegenseitig dafür – sie mich mehr als ich sie –, dass uns eine lange Geschichte verbindet. Wir kennen uns so gut, dass wir relativ voraussetzungslos und im Wissen um unsere Idiosynkrasien miteinander sprechen können. Evelynes Freigiebigkeit mir gegenüber ist ihre Art, unser tiefes Verständnis füreinander zu zelebrieren. Ihr Großmut ist Ausdruck eines Miteinanders, an das keine Absichten geknüpft sind.

13.1.2021

Sich seit vielen Jahren zu kennen hat aber oft auch den gegenteiligen Effekt: Langjährige Freund*innen nehmen einander *for granted* und geben sich keine Mühe mehr miteinander. Eine lange Geschichte der Freundschaft kann also auch deren Erosion Vorschub leisten – so war es jedenfalls bei Peter und mir. Wir glaubten, uns gut zu kennen, legten den*die andere*n dabei jedoch auf ein Bild fest, das wir uns vor Jahrzehnten von ihm*ihr gemacht hatten. Wir gestanden uns also wechselseitig kaum Entwicklung zu, so als hätten wir einander längst abgehakt. Wir investierten mehr Energie in das Knüpfen neuer Bande, während wir einander wie altbekannte Familienmitglieder behandelten: Ah, die Isabelle, ah, der Peter – typisch! Das Bild, das wir voneinander hatten, war in Wahrheit jedoch gar nicht mehr aktuell und hätte längst eines Updates bedurft. Es war die schiere Bequemlichkeit, die uns davon abhielt, uns wirklich eingehend miteinander zu befassen. Hätten wir das getan, hätten wir die vielfältigen Veränderungen vielleicht registriert, die der*die andere durchlaufen hatte.

Für mich ist es immer besonders irritierend gewesen, Peter auf Eröffnungen dabei zu beobachten, wie er sich bei neuen Bekannten sehr ins Zeug legte, während er mich nur beiläufig begrüßte und mich wie ein altes Möbelstück stehen zu lassen schien. Ich realisierte in solchen Situationen, wie gut er darin war, andere für sich einzunehmen – ein Engagement, das er in Bezug auf mich in meiner Wahrnehmung eher vermissen ließ. Nur: Womöglich hat er mein Verhalten auf Eröffnungen ganz ähnlich empfunden. Vielleicht habe auch ich ihn auf der Haben-Seite meiner Freundschaften verbucht – ein Besitz, der keiner intensiven Pflege mehr bedurfte. Auch aufgrund dieser Nachlässigkeit, die wir an den Tag legten, musste es wahrscheinlich zum Bruch kommen.

Heute denke ich sogar, dass es der Auflösung meiner Freundschaft mit Peter bedurfte, damit wir jetzt auf einer anderen Ebene wieder zueinander finden können. Zwischen uns hatte seit Wochen Funkstille geherrscht, wobei es mich durchaus schmerzte, dass sich Peter gar nicht um die Wiederaufnahme des Kontakts zu mir zu bemühen schien. Gestern sind wir uns dann zufällig auf einer Ausstellung über den Weg gelaufen, für die wir dasselbe „Zeitfenster“ gebucht hatten. Unverzüglich kamen wir über die ausgestellten Bilder und Objekte ins Gespräch, als sollte der abgerissene Faden unserer Kommunikation sogleich wieder aufgenommen werden, als wäre unser Austausch über Kunst niemals unterbrochen gewesen. Zunächst war allerdings unklar, in welcher Rolle wir hier miteinander sprachen: als ehemalige Freund*innen, die nun ein fachliches Gespräch miteinander führten, oder als Ex-Freund*innen, die ihre

Trennung überspielten und ausblendeten? Ich denke, dass wir weniger den Bruch verdrängten als uns der Tatsache versichern wollten, dass das Reden über Kunst zwischen uns auch ohne enge Freundschaft immer noch gut klappt. Schnell kamen wir in den gewohnten Brainstorming-Modus hinein: Wir waren uns einig über die Stärken und Schwächen der Ausstellung, über die in den Bildern aufscheinenden historischen Bezüge, über herausragende und weniger gelungene Arbeiten. Detailliert widmeten wir uns auch der Ausstellungsarchitektur und setzten sie zu früheren Displays in dieser Institution – dem Hamburger Bahnhof – in Beziehung. Gerade im Vergleich zu früheren Installationen schien uns die jetzige recht gelungen zu sein. Wir diskutierten zuletzt auch die Gefahren, die das malerische Verfahren der Künstlerin in sich birgt, wie auch das große Potenzial ihrer Vorgehensweise. Zwischendurch machten wir uns gegenseitig auf bestimmte morphologische Details in den Bildern oder auf lustige Bildtitel aufmerksam.

Unmerklich waren Stunden vergangen, in denen wir einmütig plaudernd gemeinsam durch die Ausstellung spaziert waren. Zwischendurch hatte die Kuratorin versucht, sich in unser Gespräch einzuklinken – vergeblich, denn wir waren einfach zu gut aufeinander eingespielt. Unser Flow duldete keine Unterbrechung von außen. Im Anschluss an diesen unverhofften gemeinsamen Ausstellungsbesuch trennten sich jedoch unsere Wege, unverzüglich traten wir den Heimweg an, ohne noch einen Kaffee trinken zu gehen. Aufgrund des Lockdowns waren die Cafés ohnehin geschlossen, was uns gelegen kam. Denn ein solches Ritual wäre dem Stand unserer Beziehung nicht angemessen gewesen. Schließlich waren wir uns zufällig und als Ex-Freund*innen im Hamburger Bahnhof begegnet – Ex-Freund*innen, die jedoch ad hoc versuchten, ihre ehemalige Freundschaft in eine produktive Arbeitsbeziehung zu verwandeln. Das vertraute Miteinander im Café zu suchen wäre ein Schritt zu viel gewesen.

Im Nachhinein finde ich es verwunderlich, mit welcher Sicherheit wir miteinander umgingen – unausgesprochen schienen wir uns auf einen funktionalen Modus des Austausches geeinigt zu haben. Offenbar haben wir trotz des Bruchs immer noch großes Interesse aneinander, denn warum hätten wir sonst Stunden gemeinsam in der Ausstellung verbringen sollen? Beim Nachdenken über diese überraschende Begegnung mit Peter treten mir die positiven Folgen unseres Freundschaftsbruchs vor Augen. Dass ich ihm die rote Karte zeigen musste, hat meine Position vielleicht nicht zuletzt deshalb gestärkt, weil ich unzweideutig meinen Standpunkt formuliert und Entschlossenheit gezeigt habe. Ich habe ihm eine Grenze gesetzt und ihm demonstriert, dass ich mich von ihm nicht schlecht behandeln lasse, dass mir mein Wohlergehen letztlich wichtiger ist als die strategisch nützliche Freundschaft mit ihm. Dass sich dieser Bruch positiv auf sein Verhalten mir gegenüber ausgewirkt hat, wurde gestern deutlich: Er schien viel höflicher und respektvoller mit mir umzugehen. Vielleicht war paradoxerweise die Beendigung unserer Freundschaft der einzige Weg, sie längerfristig zu retten. Ich hoffe so sehr, dass wir sie – unter anderen Vorzeichen und in anderer Form – weiterführen werden können.

18.1.2021

Wenn bei Freundschaften die instrumentelle Dimension überwiegt, fällt es leichter, die Freund*innen zu ersetzen. Wenn der*die Freundin in erster Linie ausgewählt wurde, um eine Aufgabe zu übernehmen, dann steht seine*ihre Funktion im Vordergrund, und die kann potenziell auch jemand anderes innehaben.

So erlebe ich es derzeit mit Peter, der jetzt ganz eng mit Sabine, einer Künstlerfreundin von mir, ist. Vor unserem Bruch hatte er wenig mit ihr zu tun, jetzt sind sie *best friends*. Das mag ein wenig nach Schulhofdrama klingen, ist aber dennoch irritierend für mich. Als Peter zum Beispiel neulich Geburtstag hatte, verbrachte er ihn lockdownbedingt allein mit Sabine, wie sie mir vorhin nicht ohne Stolz in einer E-Mail berichtete. Mir wird auf diese Weise demonstriert, dass ich abgemeldet bin. Durch mein Heraustreten aus der Freundschaft mit Peter ist der ganze Freundeskreis in Bewegung geraten: Alles verschiebt sich und konstituiert sich neu. Dass sich jetzt eine andere mit Peter zusammentut, ist im Zuge dieser Restrukturierung nur folgerichtig, zugleich wird auf diese Weise aber auch meine symbolische Bestrafung vollzogen. Verlässt jemand den Kreis, formieren sich neue Bündnisse und die*der Abtrünnige wird isoliert. Wobei ich umgekehrt natürlich auch neue Bündnisse anstrebe. Peter erlebt es womöglich ebenfalls so, dass ich kurzerhand andere Künstlerfreund*innen an seine Stelle gesetzt habe.

Auch die Rolle der für seine Kunst zuständigen Kunsttheoretikerin hat er direkt neu zu besetzen vermocht – und zwar ausgerechnet mit Solange. Heute Morgen am Telefon erzählte sie mir, dass sie von ihm um einen Katalogtext gebeten worden sei. Ich habe sie ermutigt, ihn zu schreiben, ihr aber auch gestanden, dass mir dieses Ausgewechselt-Werden einen kleinen Stich versetzte. Andere würden vielleicht entspannter reagieren, aber aufgrund meiner Kindheitsgeschichte ist „Ersetzt-Werden" besonders schmerzhaft für mich. Nicht nur sah ich mich als Einjährige mit der Geburt einer kleinen Schwester konfrontiert, die mir den exklusiven Platz an der Seite meiner Eltern streitig machte. Mehr noch: Mein Vater ersetzte meine Mutter bereits drei Monate, nachdem die beiden ihre Scheidung vollzogen hatten, durch eine neue, natürlich sehr viel jüngere Frau – und zwar ohne uns in sein neues Leben miteinzubeziehen. Ersetzungstraumata also allerorten. Wohl aus diesem Grund habe ich eine besondere Antenne für die Ersetzungspolitiken der anderen – weil dieses Thema ohnehin auf meinem Tisch liegt, weil ich an diesem Punkt besonders empfindlich und verletzbar bin.

Wenn es Peter so leichtfällt, die von mir ausgeübten Funktionen anderen zu übertragen, dann lag ich auch richtig mit meiner Einschätzung, dass sein Interesse an mir in erster Linie funktional begründet war. Er schätzte mich wohl vor allem für den Nutzen, den ich für ihn hatte. Dennoch bin ich immer wieder fassungslos über das Tempo, mit dem es ihm gelingt, andere an meine Stelle zu setzen. Meine Therapeutin hatte mir zwar damals – als ich den Bruch mit ihm in Erwägung zog – prophezeit, dass er mich sogleich ersetzen würde. Aber ich glaubte ihr nicht, fand ihre Prognose überzogen pessimistisch, meinte, dass sie damit Peter unrecht tun, ihm etwas unterstellen würde. Dass sie absolut recht hatte, ist eine niederschmetternde Erkenntnis für mich. Im Prinzip weiß ich zwar, dass jeder ersetzbar ist – auch ich. Die eigene Austauschbarkeit leiblich zu erfahren, ist dennoch ausgesprochen unangenehm. Vielleicht sollte ich mich künftig in Momenten, in denen ich selbst beherzt Ersetzungspolitiken betreibe, an diesen Schmerz erinnern.

19.1.2021

Gerade im Kunstbetrieb tut man gut daran, auch mit seinen Ex-Freund*innen einen für alle Seiten gut aushaltbaren Modus Vivendi anzustreben. Denn man begegnet sich hier immer wieder – oft über Jahrzehnte hinweg. Bis zur vollständigen Institutionalisierung einer Künstler*innen-Generation vergehen im Schnitt vierzig Jahre. Während dieses langen Zeitraums lässt sich ein Zusammentreffen mit Ex-Freund*innen oder vermeintlichen Gegenspieler*innen nicht vermeiden. Aus diesem Grund wäre es nach dem Freundschafts-Clash anlässlich der Verrisse meines Buches sicherlich ratsam gewesen, mich um Aussprachen noch mit meinen schärfsten Kritiker*innen und ehemaligen Freund*innen zu bemühen. Das ist allerdings leichter gesagt als getan. Angesichts meiner Verletztheit fällt es mir schwer, rein strategisch zu agieren. Ich will und kann das emotional Belastende dieser Bindungen nicht einfach übergehen. Auch bin ich unsicher, welche Haltung ich meinen Kritiker*innen gegenüber einnehmen sollte: Sollte ich offen mit ihnen sprechen, ihnen meine Enttäuschung zeigen oder mich eher bedeckt halten? Schon Walter Benjamin fragt sich in seiner „Kritik der Gewalt“, ob sich Konflikte überhaupt gewaltlos beilegen lassen. Ich denke, ein gewisses Maß an *symbolischer* Gewalt lässt sich dabei nicht vermeiden – das gilt insbesondere für die Konflikte unter miteinander befreundeten Kolleg*innen. Es ist entscheidend, das richtige Maß zu finden – je weniger Schaden man dem anderen zufügt, desto besser. Ganz beilegen lassen sich solche Konflikte ohnehin nicht, schon deshalb, weil sie häufig zu einer

Neuordnung des Feldes führen, in deren Zuge aus ehemaligen Alliierten Gegenspieler*innen werden können.

Während wir vor der Veröffentlichung ihrer Kritiken meines Buches noch jede unserer Veranstaltungen auf Facebook oder Instagram wechselseitig geliked haben, unterbleiben nun derartige Gesten. Symbolisch signalisieren wir dadurch einander, dass wir die Aktivitäten der anderen nicht länger verfolgen oder gar per se gutheißen. Auch laden wir einander nicht mehr zu unseren Konferenzen ein – so sie denn online überhaupt stattfinden –, was früher häufig der Fall war. Von außen betrachtet wirkt es wahrscheinlich so, als würden wir derzeit einen großen Bogen umeinander machen.

Meiner Erfahrung nach gibt es letztlich nur eine Methode, wieder zueinander zu finden: noch mehr miteinander sprechen. Denn erst wenn man dem anderen gegenübersitzt, vertieft sich das Verständnis für sein*ihr Tun. Man realisiert, dass einem mit seinem Gegenüber – jenseits des bestehenden Konflikts – eigentlich auch viel verbindet. Doch gerade ein solches kommunikatives Miteinander wird derzeit durch die Pandemie erschwert. Wie viele andere bin ich der ständigen Spaziergänge in der Kälte ein wenig überdrüssig. Die verbliebene Spaziergang-Energie spare ich mir für meine engsten und liebsten Freund*innen auf. Hinzu kommt, dass ich derzeit genug damit zu tun habe, diesen ewigen Lockdown mental zu überstehen. Ich muss mit meinen Kräften haushalten und kann es mir deshalb nicht leisten, potenziell belastende Aussprachen mit ehemaligen Freund*innen zu initiieren. Doch sobald der Lockdown endlich aufgehoben sein wird und ich über mehr Energie verfüge, werde ich – dann hoffentlich geimpft – Treffen in Cafés anzuberaumen versuchen. Vielleicht ist es dann möglich, dass wir trotz aller Differenzen zu einem Minimalkonsens finden.

20.1.2021

Mein Bericht scheint bis hierhin zu bestätigen, was Siegfried Kracauer über die Freundschaft sagt: dass sich in ihrer „Hülle“ ein „tausendfaches Geschehen zusammenballt – Liebe, Treue, Mut, Feigheit, Hass, Mitleid und Stolz". Es sind demnach vielfältige Vorgänge und Affekte im Rahmen von Freundschaften zu beobachten, die der Freundschaftsbegriff kaum abzudecken vermag. Den Besonderheiten freundschaftlicher Bande suchte Kracauer durch eine Gegenüberstellung mit der „Bekanntschaft" auf die Spur zu kommen. Auch von einigen meiner Bekanntschaften würde ich sagen, dass sie einen hohen Grad an Nutzenorientierung aufweisen, weshalb sie sich als eine Spielart der „Nutzenfreundschaft" betrachten lassen. Ich habe allerdings auch schon Bekanntschaften gepflegt, die wenig Nutzen abwarfen. Nach Kracauer können die Beziehungen zu Bekannten oder „Berufsgenossen", wie er sie nennt, durchaus „glücksspendend" sein und sie gehen oftmals in Freundschaften über. Aus bloßer „Fachsimpelei" gehe eine „hohe geistige Vertraulichkeit" hervor, die die Beteiligten als beglückend erleben würden. Das von Kracauer beschriebene Glücksgefühl kann sich meiner Erfahrung nach auch im Gespräch zwischen Bekannten aus dem Kunstbetrieb einstellen, wenn man etwa sogleich übereinkommt, dass die Ausstellung X problematisch und die Arbeiten des Künstlers Y vielversprechend seien. Blitzschnell zu einem fachlichen Einverständnis mit Bekannten zu gelangen kann überaus erfüllend sein. Es handelt sich dabei um ein Einverständnis, das sich wie Freundschaft anfühlen mag, aber letztlich doch etwas anderes ist. Kracauer gibt uns ein Kriterium an die Hand, anhand dessen solch freundschaftliche Verhältnisse unter Kolleg*innen von „wahrhaften" Freundschaften unterschieden werden können. Die Beziehungen zu „Berufsgenossen" seien solange keine Freundschaften, wie sie allein auf „sachlicher Übereinstimmung" beruhen würden und ihnen die „tiefe menschliche Anteilnahme" fehle.

Tatsächlich ist es das Nicht-Vorhandensein dieser „tiefen menschlichen Anteilnahme", die mich an einigen meiner Freund*innen / Bekannten auf die Dauer verzweifeln ließ. Unser Verhältnis war schlicht nicht innig und empathisch genug – jedenfalls nach meinem Empfinden. Wobei: Kracauer betont wie erwähnt das Glückspotenzial von Bekanntschaften, die auf einem „regen Austausch von Gedanken und Einfällen“, auf „gemeinsamem Genießen, geselliger Nähe“, auf einem „freien Kommen und Gehen, gemütlichem Plaudern“ beruhen. Genussvolle Momente im Zusammensein mit Bekannten habe ich tatsächlich viele erlebt; die inspirierenden Plaudereien mit ihnen waren stets erfüllend und bereichernd. Nur geht der Einfluss eines Bekannten Kracauer zufolge – und dies ist ein wesentlicher Unterschied zu den Freund*innen – eben doch nicht so weit, dass er unmittelbar am Aufbau unseres Selbst mitwirken würde: „Sein Bild lebt nicht in uns als unsichtbarer Begleiter auf unseren Wegen.“ Anders als Freund*innen sind Bekannte folglich nicht tief in unser Bewusstsein eingelassen, anders als Freund*innen nehmen sie nicht unmittelbar Einfluss auf unsere innere Entwicklung. Auch wenn sie uns stimulieren und uns Freude bereiten können, bleiben Bekannte letztlich außen vor.

Nun kamen bei Kracauer leider – wohl auch zeitbedingt – als „Bekannte“ und „Freunde“ ausschließlich Männer in Frage. Er war der Ansicht, dass Frauen nur „Gemütsfreundschaften“ pflegen würden, dass sie also nur rein affektive Bindungen eingehen würden, die von ihm geringschätzt wurden, da ihnen ein „Mangel an geistiger Nahrung“ zugrunde liege. Die Abwertung der von Affekten überformten Freundschaft geht bei Kracauer demnach mit der sexistischen Unterstellung einher, Frauen seien „geistlose“ Wesen. (Dieses Denkmuster ist, nebenbei bemerkt, bis heute nicht verblasst. Nach wie vor ist zu beobachten, dass sich die Angst vor Gefühlen – und ihrer Artikulation – speziell bei einigen heterosexuellen Männern meiner Generation oft mit einer heftigen Abwehr von allem „Weiblichen“ verbindet.)

Kracauers Misogynie und seine Verachtung für die weibliche „Gemütsfreundschaft“ kann ihm auch als Produkt seiner Zeit nicht nachgesehen werden. Andere Aspekte seiner Freundschaftsreflexion lassen sich dennoch für das Nachdenken über gegenwärtige Beziehungsmuster nutzbar machen, so etwa seine Überlegungen zu „Freundschaft“ versus „Liebe“. Die Frage, wie viel Freundschaft sexuelle Partnerschaften verschiedenster Art vertragen und ab wann der „buddyhafte“ Umgang miteinander die Liebe gefährdet, wird ja seit Jahrzehnten in diversen Ratgebern (und Frauenzeitschriften) diskutiert. Aus Kracauers Sicht haben „Geschlechtsliebe“ und „Freundschaft“ zunächst einmal eines gemeinsam: Beide erfassen „die ganze Seele des Menschen“. Diese Beobachtung scheint mir zutreffend zu sein, denn sowohl meine engsten Freund*innen als auch mein Lebenspartner berühren mich tief, dringen bis in mein Innerstes vor. Doch obgleich Kracauer (wie zuvor Aristoteles und Montaigne) die Freundschaft emphatisch als eine „Durchdringung der Seelen“ charakterisiert, hält er zugleich fest, dass es bei ihr nicht zu jener „Verschmelzung des Daseins“ kommt, welche die Liebe anstrebt. Während im Rahmen einer Freundschaft zwei Persönlichkeiten im Einklang seien, ziele die Liebe auf die „Verschmelzung des ganzen Lebens“ ab. Und es ist tatsächlich so: Ich möchte nicht unbedingt mit meinen Freund*innen meinen Alltag teilen, ich ziehe es vor, sie gelegentlich zu treffen. Mein Bedürfnis, mit Freund*innen einen gemeinsamen Haushalt zu gründen, war nie besonders ausgeprägt – ich assoziiere dies mit Auseinandersetzungen über Einkäufe oder Putzpläne, die die Freundschaft belasten würden. Aber auch in meinen Liebesbeziehungen habe ich mich auf das Projekt „Zusammenleben“ nur selten und eher zögerlich eingelassen. Ich hänge an der Autonomie, die mir die eigene Wohnung inklusive Arbeitszimmer verschafft. Dass ich nicht nur das vielbeschworene „Zimmer“, sondern am liebsten die ganze Wohnung gelegentlich für mich allein habe, bedeutet jedoch nicht, dass ich mich auf meinen Partner nicht einlassen würde oder dass unsere Beziehung unverbindlich wäre. Im Gegenteil: Gerade weil wir uns als autonome Personen begegnen, kann ich mich ihm mit Haut und Haaren verschreiben.

Kracauer zufolge gibt es keine Liebe, der nicht auch Freundschaft „beigesellt“ wäre, und keine wahre Freundschaft, die ohne Liebe auskäme. Tatsächlich würde der Liebe zu meinem Lebenspartner ein Makel anhaften, wenn ihr die Freundschaftsdimension fehlte. Und umgekehrt ist es sicherlich auch Liebe – wenn auch zumeist platonische –, die ich für meine Freund*innen empfinde. Wie durchlässig diese Konzepte sind, wird anhand dieses „zumeist" deutlich. Manche meiner freundschaftlichen Beziehungen haben durchaus auch eine sexuelle Note. Mehr noch: Die meisten meiner Liebesbeziehungen haben als Freundschaften begonnen, und die Leidenschaft kam erst, nachdem wir uns als Freund*innen sorgfältig abgeklopft und kennengelernt hatten. Freundschaft spielt also oft in Liebe hinein, und dennoch widerstrebt mir die Vorstellung, die „beste Freundin" meines Lebenspartners zu sein. Ich möchte nicht mehrere Rollen – die der Freundin *und* der Geliebten – übernehmen, ich ziehe es vor, dass er sich seine Freund*innen woanders sucht. Denn wäre ich auch noch seine „beste" oder eine „gute" Freundin von ihm, dann würde dies unsere Liebesbeziehung gefährden. Letztere sollte zwar durchaus freundschaftliche Elemente aufweisen, sie ist schlussendlich aber doch anders – als Liebe eben – kodiert.

17.2.2021

Gestern hat mir meine Teenager-Tochter Calliope beim Abendessen mitgeteilt, dass ich für sie – im Unterschied zu ihren Freundinnen – in den letzten Jahren keine „Bezugsperson" gewesen sei. In ihrem Leben hätte ich eher die Rolle der Mutter und Erziehungsberechtigten innegehabt. Ich war zunächst schockiert darüber, dass sie mir die Funktion der „Bezugsperson" abspricht – Bezugspersonen sind schließlich Menschen, mit denen man eine persönliche Beziehung unterhält und an denen man sich orientiert. Und eine solche Person soll ich für meine Tochter nicht sein? Ich frage mich, ob ich mit meiner Annahme, dass zwischen uns seit ihrer Geburt eine innige Verbindung besteht, vielleicht auf dem Holzweg bin. Mein Einfluss auf sie ist offenbar weitaus geringer, als ich dachte. Dies gilt wohl vor allem für die letzten Jahre, in denen andere, etwa Freund*innen als Vorbilder wichtiger wurden. Mich quält der Gedanke, dass ich aufgrund meines Immer-Beschäftigt-Seins womöglich gar nicht mitbekommen habe, dass sie sich mir gegenüber zunehmend verschlossen hat und vieles von dem, was sie intensiv beschäftigt, für sich behält. Von ihrer Aussage, dass ich keine Bezugsperson für sie sei, fühle ich mich jedenfalls ins Mark getroffen.

Nach mehrfachem Tief-Durchatmen rief ich mir im Anschluss an unser Gespräch ins Bewusstsein, dass Calliope derzeit pubertätsbedingt alles dafür tun muss, sich erfolgreich von mir abzugrenzen. Mir die Rolle der Bezugsperson abzusprechen, ist für diese Abgrenzung ein probates Mittel. Calliope kennt meine *trigger points* zudem besser als andere – sie weiß, wie sehr sie mich durch eine solche Bemerkung „kriegen“ und in mir Schuldgefühle auslösen kann. Ihr Statement zielte darauf, mir den Eindruck zu vermitteln, als Mutter bedeutungslos für sie zu sein. Der Graben zwischen uns sollte sich dadurch vertiefen.

Im Anschluss an unser Gespräch lag ich noch lange wach und sinnierte über die möglichen Bedeutungen ihrer Aussage. Es gelang mir, sie positiver zu deuten: Vielleicht hatte Calliope mir schlicht zu verstehen geben wollen, dass ich nie eine „Freundin“ (= Bezugsperson) für sie gewesen sei, weil ich aus meiner Mutterrolle nicht herausgetreten bin. Es könnte sich bei ihrem Statement sogar um ein verstecktes Kompliment gehandelt haben: Vielleicht lobte sie mich dafür, dass ich nie versucht habe, ihre beste Freundin zu sein. Speziell Celebrity-Mütter rühmen sich ja in den Lifestyle-Zeitschriften häufig dafür, das *best girlfriend* ihrer Töchter zu sein. Und umgekehrt habe ich Töchter erlebt, die von ihren Müttern als ihrer wichtigsten Vertrauens- und Bezugsperson schwärmen: die Mutter als beste Freundin. Besonders bedenklich finde ich in diesem Zusammenhang die von Celebrity-Müttern gerne verwendete Bezeichnung „mini-me“ für die eigene Tochter. Jeder Anspruch auf Andersartigkeit scheint dem *mini-me* von vornherein abgesprochen zu werden – die Tochter wird zur Kopie der Mutter herabgestuft und biologistisch auf ihren „Ursprung“ festgeschrieben.

Ich wünsche meiner Tochter jedoch, dass sie in einem anderen Milieu Fuß fassen wird, in dem die Initiationsrituale (speziell für junge Frauen) weniger hart sind. Sobald sie eine ähnliche Richtung wie ich einzuschlagen beginnt, hoffe ich insgeheim, dass sie es sich später noch einmal anders überlegen wird. Hinsichtlich jener Facetten ihrer Persönlichkeit hingegen, die mir eher fremd erscheinen – und die ich deshalb umso mehr bewundere –, wäre ich froh, wenn es ihr gelänge, sie weiter auszubauen. Vielleicht liegt es an meinem Argwohn gegenüber dem im Kunstbetrieb weit verbreiteten „dynastischen Prinzip", dass ich mir für Calliope weniger eine Reproduktion familiärer Muster als eine Loslösung von diesen wünsche. Zu oft habe ich beobachtet, dass die Kinder von renommierten Kritiker*innen oder Galerist*innen entweder dieselbe Laufbahn wie ihre Eltern einschlagen oder von der Reputation eines Elternteils im Rahmen ihrer Kunstkarriere enorm profitieren. Durch ihre Eltern, deren Namen sie zumeist tragen, bringt man ihnen eine Art „Vertrauensvorschuss" entgegen: Sie gehören von vornherein dazu, sind gewissermaßen Teil der Kunstbetriebsfamilie und müssen sich nicht mehr beweisen. Andere hingegen, die über kein familiäres Kapital verfügen, werden jahrelang in die Peripherie des Kunstbetriebs verwiesen, bevor man ihnen Einlass gewährt. Da ich mich selbst von den Tätigkeitsfeldern meiner Eltern (Wirtschaftsprüfer und Physiotherapeutin) weit entfernt habe, fällt es mir schwer, Respekt für die Nutznießer*innen des „dynastischen Prinzips" aufzubringen, die buchstäblich ein „gemachtes Bett" vorfinden. Zugleich ist mir aber auch klar, dass mein Verhältnis zu meiner Tochter im Vergleich zu meiner Beziehung zu meinen Eltern sehr viel zugewandter, vertrauensvoller und weniger zwiespältig ist. Calliope muss nicht ihre Ablehnung dadurch demonstrieren, dass sie beruflich eine ganz andere Richtung einschlägt. Wenn sie Interesse am Malen und am Schreiben hat, dann ist das letztlich auch ein großes Kompliment an mich (und an ihren Vater, meinen Ex-Mann). Selbstredend unterstützen wir sie daher bei all ihren Aktivitäten.

Davon abgesehen: Statt Calliopes Freundschaft zu suchen, möchte ich der mir zugewiesenen Mutterrolle und der damit verbundenen Verantwortung gerecht werden. Es ist mir schließlich nicht leichtgefallen, mich in diese Rolle einzufinden. Mit Blick auf meine eigene Mutter habe ich diese Funktion lange Zeit eher mit „Opfer“ und einem „Verzicht“ assoziiert. Die Aussicht darauf, selbst einmal Mutter zu werden, erfüllte mich mit Schrecken. Es bedurfte einer langjährigen Gesprächstherapie, bis ich es mir irgendwann zutraute, eine andere Idee und Praxis von Mutterschaft zu entwickeln. Das Mutter-Sein ist also nichts, was mir einfach so zugefallen wäre: Ich habe es mir hart erarbeitet, weshalb ich diese Rolle auch nicht gegen die der Freundin eintauschen möchte. Wenn ich meiner Tochter einen Rat gebe, mit ihr mitleide oder mich für sie freue, tue ich dies aus der Position der „Mutter“ heraus und nicht als Mutter-Freundin.

Obschon ich immer ihre Mutter bleiben werde, können wir meiner Vorstellung nach in dem Moment unsere Beziehung freundschaftlicher gestalten, in dem ich nicht mehr für sie verantwortlich bin – also wenn sie volljährig ist. Denn so schwierig wie Mütter, die ihren Teenager-Töchtern wie Freundinnen begegnen, finde ich auch „ewige“ Mütter, die ihre fünfzigjährigen Töchter und Söhne immer noch wie Kinder behandeln. Zu ihrer neuen Rolle als Mutter von Erwachsenen haben sie nie gefunden. Noch ist es jedoch nicht so weit, dass unser Verhältnis freundschaftlich ist. Sobald Calliope in Jugendsprache mit mir redet oder unflätig wird, erinnere ich sie daran, dass ich nicht eine von ihren Freund*innen bin. Ich versuche, die Claims der „Mutter“ deutlich erkennbar abzustecken.

Als Mutter ist mein „Liebesvertrag“ mit Calliope anderer Natur als jener, den Freund*innen miteinander abschließen (und später Liebhaber*innen mit ihr zeichnen werden). Die Liebe zu meiner Tochter ist *bedingungslos*, wohingegen Freundschaften und Liebesbeziehungen prinzipiell kündbar sind. Es ist diese Bedingungslosigkeit meiner Liebe zu Calliope, die es ihr erlaubt, mir alles Mögliche an den Kopf zu werfen, mich anzugreifen oder zu beleidigen. Sie weiß, dass sie mich trotz verletzender Worte niemals verlieren wird. Und doch muss ich mich dagegen verwehren, dass sie die Bedingungslosigkeit meiner Liebe zu ihr immer wieder auf die Probe stellt. Gleich heute Morgen habe ich sie deshalb wissen lassen, dass mich ihre Zuordnung als „Nicht-Bezugsperson" sehr gekränkt hat. Sie nahm dies ruhig, ohne erkennbare Regung zur Kenntnis und wandte sich sogleich wieder dem FaceTime-Call mit ihrer besten Freundin zu.

19.2.2021

Calliope hat mich dazu überredet, einen kleinen Hund anzuschaffen. Gestern haben wir ihn von der Züchterin abgeholt. Es ist ein sogenannter Bologneser, den man auf Reisen problemlos mitnehmen kann, weil er in eine größere Handtasche passt. Calliopes Argument, dass sie in dieser ewigen Pandemie als Einzelkind einen „Gefährten" brauche, hat mich schlussendlich überzeugt. Obwohl ich das Halten eines Hundes in der Stadt grundsätzlich problematisch finde, leuchtet mir der Nutzen eines Haustieres in ihrem Fall ein – es verspricht schlagartige Linderung ihrer pandemiebedingten Einsamkeit. Denn seit dem ersten Lockdown im März 2020 hielt sich Calliope eigentlich nur noch alleine in ihrem Zimmer auf, wo sie entweder dem Online-Schulunterricht lauschte oder mit Freund*innen digital kommunizierte. Durch den Hund ist sie nun dazu gezwungen, mehrmals täglich das Haus zu verlassen, um Gassi-Runden mit ihm zu drehen. Während ich sie in letzter Zeit kaum zu Spaziergängen animieren konnte, geht sie jetzt begeistert mit ihrem Hund auf die Straße. Wir haben ihn Apollo genannt, er ist damit Namensvetter einer antiken Gottheit, eine Art höheres Wesen, das uns beglücken soll. Er ist in der Tat entzückend, wie ich zugeben muss. Bisher kümmert sich Calliope vorbildlich um ihn, ich muss sie anflehen, ihn auch einmal ausführen zu dürfen.

Heute habe ich einen ersten Spaziergang mit ihm unternommen. Mit Plastikhandschuhen bewaffnet seine Fäkalien aufzuheben, fand ich zunächst etwas gewöhnungsbedürftig. Dafür lernt man als Hundehalterin bekanntlich pausenlos neue Menschen kennen und kommt sogleich ins Gespräch mit ihnen – man hat buchstäblich einen gemeinsamen „Gegenstand". Mit meinem geliehenen Gefährten geriet ich heute jedoch an eine Person, mit der ich seit Langem bekannt bin. Als ich mit Apollo in die ruhige Gipsstraße einbog, traf ich plötzlich auf Paula *of all people*: Sie stand neben ihrem am Boden herumschnüffelnden Hund. Wir hatten uns nicht mehr gesehen oder gesprochen, seit sie mir vor Monaten die Freundschaft gekündigt hatte, und das, obwohl wir in denselben Lokalen Stammkunden sind. Es war ähnlich wie bei meiner zufälligen Begegnung mit Peter im Hamburger Bahnhof – mit dem Unterschied, dass sich während unseres Zusammentreffens auch unsere Hunde einander annäherten. Als hätte es keinen Bruch gegeben, knüpften wir sogleich an alte Gesprächsroutinen an: Wir tauschten uns über die Pandemie und deren Folgen für den Kulturbetrieb aus, berichteten uns gegenseitig über den Stand unserer Arbeit und teilten einander mit, auf welche Weise wir im Lockdown fit bleiben: Sie mit Online-Kickboxen, ich mit Online-Yogakursen.

Irgendwann fasste ich mir ein Herz und fragte sie, aus welchem Grund sie eigentlich den Kontakt zu mir abgebrochen hatte. War sie wirklich so entsetzt über meine Tätigkeit als Kuratorin einer kommerziellen Ausstellung gewesen, dass sie nichts mehr mit mir zu tun haben wollte? Oder hatte es einen anderen Anlass für ihre Distanzierung gegeben? Paula wand sich sichtlich, als ich ihr diese Fragen stellte. Es war ihr offenbar unangenehm, das Thema unseres Freundschaftsabbruchs überhaupt anzuschneiden. Kaum hörbar murmelte sie, dass es ihr damals sehr schlecht gegangen sei, so dass sie alle Brücken hinter sich habe abbrechen wollen. Mit mir und meinen Projekten habe ihr Rückzug gar nichts zu tun gehabt. Was sie jedoch in der Tat gekränkt habe, sei meine Weigerung gewesen, ihr Geld zu leihen, obwohl ihre Lage sehr prekär gewesen sei. Ich versuchte, ihr meinen damaligen Standpunkt darzulegen. Aus meiner Sicht hätte es unsere Freundschaft nur noch mehr belastet, wenn sie in meiner Schuld gestanden hätte. Dieses Argument schien sie nicht wirklich zu überzeugen, offenbar, weil meine Weigerung sie verletzt oder verärgert hatte. Trotzdem schlug sie danach einen versöhnlicheren Ton an. Sie meinte, es würde sie sehr freuen, wenn wir an unsere Freundschaft anknüpfen könnten und in Zukunft wieder mehr miteinander zu tun hätten. Ich sagte ihr, dass ich dies auch schön fände.

Meine Worte überraschten mich selbst. Hatte ich mir nicht geschworen, nie wieder in einen freundschaftlichen Kontakt zu ihr zu treten? Hatte ihr damaliges „Schluss-Machen" aus für mich nicht wirklich nachvollziehbaren Gründen nicht einen tiefen Vertrauensbruch für mich dargestellt? Nur war sie mir jetzt, im Gespräch, so ungemein sympathisch und vertraut, dass sich der Zwist verflüchtigte. Er schien weit in der Vergangenheit zu liegen und wurde von unserem aktuellen Einverständnis überschrieben. Wir haben einfach zu viel gemeinsam, als dass ein Zerwürfnis uns auseinandertreiben könnte. Angesichts der Harmonie, die sich zwischen uns auf der Straße einstellte, wollte und konnte ich nicht nachtragend sein. Zudem schien sich Paula verändert zu haben. Während sie mich früher oft an mein altes Ich der 1980er Jahre erinnerte, das Personen erbarmungslos aburteilte, schien sie inzwischen behutsamer und verständnisvoller über andere zu sprechen. Offenbar hat auch sie diese Praxis der Wertung hinter sich gelassen, die nur die Alternativen „Daumen hoch" oder „Daumen runter" kennt. Keine Zwischentöne, keine Ambivalenzen. Früher sind wir häufig gemeinsam in diese überhebliche Pose der Geschmacksrichterin verfallen, die die Fehlbarkeit ihres eigenen Urteils ausblendet. Das maßgebliche Kriterium dafür, dass jemand in unseren Augen bestehen konnte, war damals dessen Stilsicherheit oder Coolness. Paula konnte diesbezüglich gnadenlos sein: Personen, die kurz zuvor aus ihrer Sicht noch „angesagt" gewesen waren, waren dies wenig später schon überhaupt nicht mehr. Sie wurden von ihr als ‚uncool' befunden und mit einer Verve und Brutalität verworfen, die mir inzwischen extrem fragwürdig erscheint. Zwar bin ich nach wie vor sehr an der Sprache und den Gesetzen der Mode interessiert. Aber ich möchte niemanden mehr dissen, nur weil sie oder er geschmacklich nicht auf der Höhe der Zeit zu sein scheint.

Paula scheint eine vergleichbare Wandlung durchgemacht zu haben. Sie sprach bei unserem Treffen nicht schlecht über andere und erwähnte deren Looks mit keinem Wort. Mit ihren Klamotten in modischer Hinsicht an vorderster Front zu stehen, schien ihr ebenso unwichtig geworden zu sein wie mir – sie trug dieselben Sachen, die sie schon vor Jahren bei unserer letzten Begegnung getragen hatte. Inzwischen sind wohl auch ihr Kriterien wie Freundlichkeit, Zugewandtheit oder Empathie wichtiger geworden – und zwar sowohl bei ihr selbst als auch bei anderen. (Meiner Erfahrung nach sind es selten die modischen Hipster, auf die man sich emotional verlassen kann.) Während wir uns früher gegenseitig animierten, über andere herzuziehen oder hemmungslos über sie abzulästern, ist diese Form von Hate Speech heute keine Option mehr. Sie zeugt nicht nur von einem mangelnden Verständnis für die Andersartigkeit von Leuten, sondern auch von einem hohen Maß an Selbstgerechtigkeit und Aggression. Der Hass, den man im Grunde auf sich selbst hat, wird nach außen projiziert, und zwar in Form einer Bösartigkeit, die sich auf andere richtet.

Gleich nach unserem Zufallstreffen hat mir Paula mehrere Textnachrichten geschickt, in denen sie ihrer Freude über unseren wiederaufgenommenen Kontakt Ausdruck verleiht. Ich frage mich, ob Paulas neuerdings bekundetes Interesse an einem freundschaftlichen Verhältnis zu mir vielleicht doch auch instrumentelle Gründe hat, und ich frage mich, warum ich mich das frage. Nähert sich Paula womöglich deshalb wieder an, weil mein Stern derzeit wieder ein wenig heller zu leuchten scheint? Die Situation ist – trotz der Verrisse meines Buchs – eine andere als zur Zeit unseres Bruchs im Jahre 2018 – meinem scheinbaren „Erfolgsjahr", das in Wahrheit jedoch von vielfältigen Anfechtungen überschattet war. Im Vergleich zu 2018 sitze ich wieder etwas fester im Sattel. Das ist vielleicht nicht zufällig der Moment, in dem sich mir Paula wieder zu nähern versucht. Ich ertappe mich dabei, wie ich mutmaße, dass sie vielleicht doch etwas von mir will, Geld womöglich oder andere Formen der Unterstützung. Ich weise mein misstrauisches Ich in die Schranken und beschließe, mit ihr in freundschaftlichem Kontakt zu verbleiben. Zu innig möchte ich unser Verhältnis allerdings nicht werden lassen.

Es wird mir nicht leichtfallen, die Balance zu halten – denn ein Teil von mir neigt zu einer übermäßigen Offenherzigkeit anderen gegenüber. So wäre es beispielsweise nicht nötig gewesen, Paula bei unserer Begegnung auf der Straße gleich von meinen Problemen mit jenen Freund*innen zu erzählen, die mein Buch hart rezensiert haben. Vielleicht muss ich einfach in Zukunft noch genauer abwägen, wem ich was anvertraue. Vielleicht aber auch nicht.

20.2.2021

Jetzt habe ich Sie, die Leser*innen dieser Zeilen, zu unfreiwilligen Kompliz*innen meiner geheimen strategischen Überlegungen gemacht. Indem ich den Text meinem stilistischen und kompositorischen Gestaltungswillen unterwerfe, versuche ich meine Geheimnisse aber auch auf Distanz zu bringen. Die vertraulichen Informationen werden so weitergegeben, dass ich meiner Verpflichtung zur Verschwiegenheit nachkomme. Es geht mir weniger darum, mein „wahres" oder „authentisches Ich" zu offenbaren. Mit diesen tagebuchartigen Aufzeichnungen möchte ich vielmehr das Eingebettet-Sein dieses „Ichs" in gesellschaftliche Verhältnisse und freundschaftliche Netzwerke zur Diskussion stellen.

Was das „Tagebuch als literarische Form" betrifft, ist (neben Marie Luise Kaschnitz) Max Frisch eines meiner Vorbilder. Zwar hatte Frisch die unsägliche Angewohnheit – zu beobachten etwa in *Montauk* –, die Frauen in seinem Leben zum ganz Anderen zu erklären, zu exotischen Wesen, die von ihm lüstern beäugt, aber nicht wirklich respektiert wurden. Als Verfasser von Tagebüchern und tagebuchartigen Romanen hat er jedoch viel geleistet: Seit Frisch gilt dieses Medium als eine dem Roman ebenbürtige literarische Form, die auch selbst romanhafte Züge annehmen kann. Es sind denn auch nicht nur spontane Eindrücke und Erlebnisse, die er in seinen Tagebüchern festhält. Sie dienen ihm darüber hinaus als Plattform für zeitgeschichtliche Reflexionen und als Experimentierfeld für unterschiedliche literarische Arbeitsweisen. In sprachlicher Hinsicht hat Frisch seine Tagebücher vielfach überarbeitet, so dass sie nicht den für dieses Genre sonst typischen notizenhaften Charakter aufweisen. Als literarische Vorbilder bezog er sich (leider) ausschließlich auf Männer – allen voran auf Peter Handke, dessen *Wunschloses Unglück* er sehr bewunderte. Frisch schreibt in *Montauk*, dass ihm mit Handkes Buch über dessen verstorbene Mutter die Lizenz erteilt worden sei, in seinen Romanen „Ich“ zu sagen. Dieses Recht können nun alle anderen Autor*innen (und damit auch ich) gefahrlos für sich beanspruchen.

Zwar schätze auch ich Handkes Trauerbuch sehr, aber mich haben vor allem die mit dem Label „Autofiktion“ versehenen Autor*innen der jüngsten Zeit beeinflusst, so etwa Annie Ernaux, Saidiya Hartman, Rachel Cusk oder Deborah Levy. Sie ermutigten mich letztendlich dazu, auch in meinen Texten ein Ich sprechen zu lassen, das sich idealiter als durch und durch sozial erweist. Mit diesem Ich wird die Macht gesellschaftlicher Zuschreibungen manifest – es ist von äußeren Umständen wie denen der Freundschaft durchdrungen. Beim autofiktionalen Schreiben besteht die Gefahr der Indiskretion, mit der sich schon Frisch in seinen Tagebüchern auseinandersetzt. Neben seiner Beschäftigung mit dieser Gefahr bedauert Frisch es in *Aus dem Berliner Journal*, das Erlebte, weil er es nicht aufschrieb, „im Weiterleben verschüttet“ zu haben. Er habe sich, so stellt er hier etwas larmoyant fest, in seinen bisherigen Büchern „sein Leben verschwiegen“. Anfang der 1970er Jahre kam es Frisch also so vor, als hätte er sozusagen an seinem Leben vorbeigeschrieben. So als hätten seine Bücher sein Leben „verpasst“ – ein Manko, das er offenbar mit *Montauk* wettmachen wollte.

Mit Frischs Befund, dass ihm mit seinem Schreiben etwas Entscheidendes entgangen sei, kann ich – trotz seines befremdlichen Pathos – durchaus etwas anfangen. Auch ich hatte in den letzten Jahren den Eindruck, in meinen kunsthistorischen Texten würde genau das fehlen, was in meinem Leben wirklich zählt. Deshalb entstand der Wunsch nach einer anderen Schreibweise, mit der ich das, was mich sonst noch bewegt, festhalten kann. Frisch berichtet aber auch von den Schattenseiten des

Vorsatzes, fortan alles zu erzählen. Beim Schreiben seines *Berliner Journals* ist er im Gedanken an die zukünftigen Leser*innen von Scham erfüllt, so berichtet er. Er möchte vor allem Rücksicht auf seine Frau nehmen: eine Rücksicht, die er aber zugleich für „tückisch" hält, weil sie letztlich nur dem „Selbstschutz" diene. Dass Rücksicht, wie Frisch meint, letztlich nur ein Mittel sei, mit dem man sich vor der Empörung derer schützt, auf die man Rücksicht nimmt, kann ich so nicht unterschreiben. Denn Rücksicht ist doch wesentlich nicht nur auf einen selbst, sondern auf andere bezogen: Man möchte sie nicht durch ihre Erwähnung im Buch verletzen. Rücksicht erfordert, dass man sich in die Gefühlslage der anderen hineinversetzt. Mit „Selbstschutz" hat das zunächst einmal wenig zu tun. Ich frage mich zudem, was genau Frisch am „Selbstschutz" eigentlich so stört – lehnt er den Impuls, sich selbst zu schützen, vielleicht deshalb ab, weil er ihn mit Feigheit und einem Mangel an (männlichem) Heroismus verbindet? Für mich ist „Selbstschutz" ein hohes Gut. Es ist wichtig, dafür zu sorgen, dass man sich nicht schutzlos den „wilden Tieren" zum Fraß vorwirft – wie meine Therapeutin immer sagt. Das heißt: Es gilt genau abzuwägen, wem gegenüber und in welcher Situation man seine Verletzbarkeit zeigt, sich ausliefert und exponiert.

Dass Frisch „Rücksicht" in erster Linie mit Selbstschutz (und nicht mit dem Schutz der anderen) assoziiert, ist allerdings durchaus folgerichtig. Denn in *Montauk* schont er am allerwenigsten seine Lebensgefährtinnen. Sowohl die zu diesem Zeitpunkt bereits verstorbene Ingeborg Bachmann, mit der er liiert war, als auch seine aktuelle Ehefrau Marianne werden namentlich erwähnt. Dass Frisch in *Montauk* detailliert seinen Ehebruch mit einer jungen Amerikanerin schildert, muss für seine damalige Ehefrau besonders schmerzhaft gewesen sein. Dass er ihren Schmerz einkalkulierte, ihn bewusst in Kauf nahm, signalisiert Frisch durch einen literarischen Trick: *Montauk* enthält eine wohl von Marianne stammende Nachricht an den Autor. Sie teilt ihm mit, dass sie nicht als „literarisches Material" mit ihm gelebt habe und dass sie es ihm deshalb verbiete, über sie zu schreiben. Frisch nimmt dieses Schreibverbot seiner Frau in sein Buch auf und formuliert dadurch einen performativen Widerspruch gegen ihre Forderung. Er demonstriert Marianne und dem Rest der Welt, dass er als Schriftsteller letztlich am längeren Hebel sitzt. Noch ihre Weigerung, als Material zu fungieren, schlachtet er literarisch aus. Methodisch gesehen war sein Vorgehen allerdings nur konsequent. Denn Frisch wollte mit diesem Buch seine wahren Verhältnisse wiedergeben. Diese Wahrheit sei dem Menschen zumutbar – so heißt es programmatisch an einer Stelle, wo ein gleichlautender Werbetext zitiert wird. Um der Wahrheit willen muss die Literatur also rücksichtslos sein. Mariannes Wunsch, nicht zu Material zu werden, musste als Material in die Erzählung eingespeist werden.

Nun ist bei mir die Situation eine andere: Ich bemühe mich offensiv darum, niemanden zu verletzen oder bloßzustellen. Ich möchte auch nicht gegen die „Persönlichkeitsrechte“ meiner Freund*innen und Bekannten verstoßen. Meine Protagonist*innen haben zwar einiges mit real existierenden Menschen in meinem Leben gemein, sie sind zugleich aber erfundene Figuren. Niemand taucht namentlich auf, und jede meiner Figuren setzt sich aus mehreren real existierenden Personen zusammen. Und während sich Frisch mit der Bitte seiner Frau konfrontiert sah, sie unerwähnt zu lassen, ist bei mir gestern das gegenteilige Szenario eingetreten: Meine Freundin Carla bat mich inständig darum, sie in dieses Buch für alle erkennbar aufzunehmen. Sie möchte darin eine Rolle spielen und gleichberechtigt neben meinen anderen Freund*innen und Ex-Freund*innen auftauchen. Vielleicht hofft sie, dass der im Moment ja eher unwahrscheinliche „Erfolg“ dieses Buchs auf sie abfärben könnte. Auf jeden Fall scheint sie sich sicher zu sein, dass meine Beschreibung ihrer Person und unserer Freundschaft positiv ausfallen wird. Warum sonst würde sie insistieren, dass ich ihr in meinem Buch über wahre und nützliche Freundschaften einen gebührenden Platz einräume? Ich habe soeben beschlossen, ihr diesen Gefallen zu tun: In der nun folgenden Passage über meine Fashionfreund*innen wird Carla einen Aufritt haben.

10.3.2021

Vor einigen Wochen habe ich Calliope zur Schule begleitet, um ihr beim Ausräumen ihres Spinds zu helfen. Wegen des Homeschoolings wurden die Schüler*innen ihrer Klasse gebeten, ihre Sachen zu Hause unterzubringen. Der Abtransport von Materialien in die häusliche Umgebung scheint mir symbolhaft dafür zu stehen, dass in der Pandemie die Verantwortung für die schulische Bildung mehr denn je bei den Eltern liegt. Ich stand also leicht deprimiert ob dieser Privatisierung des staatlichen Bildungsauftrages vor Calliopes mit Papieren, Stiften und Sportsachen vollgestopftem *locker*. In einiger Entfernung erblickte ich eine sympathisch wirkende Frau, die ihren Sohn ebenfalls beim Ausräumen seiner Sachen unterstützte. Es war früh am Morgen, und von ihren hinter der Maske erkennbaren blassen Zügen las ich ab, dass sie ebenso müde war wie ich. Mit einem weiteren Blick registrierte ich, dass sie dieselbe schwarze Oversize-Kunstfelljacke aus der aktuellen ACNE-Kollektion trug wie ich. Wir standen uns also als Lookalikes auf dem Schulflur gegenüber. Statt uns jedoch von dieser Reproduktion unseres Looks durch die andere in unserer modischen Singularität bedroht zu sehen, lachten wir uns freundlich an. Von dem Entsetzen, das der Lifestyle-Presse zufolge Celebrities befällt, wenn sie ihr Kleid auf dem roten Teppich an einer anderen erblicken, konnte hier auf dem Schulflur keine Rede sein. Zwischen dieser mir zu diesem Zeitpunkt noch unbekannten Frau und mir gab es keine Anzeichen für „mimetische Rivalität“. Dem Anthropologen René Girard zufolge entsteht diese immer dann, wenn dasselbe begehrt (oder nachgeahmt) wird. Mimetische Rivalität geht mit negativ-gewaltvollen Affekten wie Neid oder Eifersucht einher. Bei uns hingegen: von Neid oder Eifersucht keine Spur. Die Sympathie zwischen uns beruhte vielmehr – und so ist es oft zu Beginn einer Freundschaft – auf einer Ähnlichkeitsvermutung. Indem wir auf dem Schulflur freudig aufeinander zugingen, signalisierten wir uns unsere Begeisterung darüber, derart unverhofft auf eine in modischer Hinsicht Gleichgesinnte getroffen zu sein. Schnell machten wir uns bekannt: Sie heißt Madelaine, ist Schauspielerin, hat zwei Töchter und ist mit einem Kameramann verheiratet. In Windeseile informierten wir uns gegenseitig über unsere jeweiligen privaten und beruflichen Lebensumstände, gingen parallel dazu aber auch unsere Lieblingsdesigner*innen und modischen Vorlieben durch. Dabei klärten wir auch, wo wir besagte ACNE-Jacke – das uns verbindende Item – gekauft hatten. Nicht nur geschmacklich, sondern auch emotional machte es sogleich „Klick" zwischen uns. Besonders angetan war ich von Madelaines warmherziger Art. Ihr lautes, von ausladenden Gesten begleitetes Sprechen zeugte von ihrem Hang zur Dramatisierung – noch eine Sache, die wir gemein haben. Zwei Drama Queens unter sich. Wir tauschten sogleich unsere Handynummern aus und nahmen uns vor, einmal gemeinsam shoppen zu gehen, wenn es nach dem Lockdown wieder möglich sein würde. Seither schicken wir uns Fotos von Kleidungsstücken, die wir online im Schlussverkauf auf den einschlägigen Websites entdecken. Sobald wir mit einem Teil liebäugeln, bitten wir die andere um ihre Meinung dazu. Gestern hatte Madelaine einen „Click and Meet"-Termin im KaDeWe. Sie bombardierte mich mit Selfies, die sie in einer Umkleidekabine zeigen, in der sie diverse Pullover und Hosen anprobiert. Wenn ich der Meinung war, dass ihr ein Teil gut stehe und dass auch der Preis stimme, erteilte ich ihr auf WhatsApp einen „Kaufbefehl".

Was sich zwischen uns derzeit anbahnt, ist nicht nur eine *Fashionfreundschaft,* sondern etwas darüber hinaus und tiefer Gehendes. Denn auch emotional sind wir auf einer Wellenlänge. In nur wenigen Tagen ist Madelaine nicht nur zu meiner Fashionberaterin, sondern auch zu einer engen Vertrauten in Erziehungs- und Beziehungsproblemen avanciert. Und ich spiele umgekehrt diese Rolle auch für sie. Wir haben uns gefunden – so brachte es jedenfalls eine andere „Schulmutter" mir gegenüber auf den Punkt, die unser Kennenlernen vor den Spinden beobachtet hatte. Aufgrund unserer Übereinkunft in Sachen Mode haben wir ein enges Band geknüpft, das andere – jene ohne modisches Wissen oder Interesse an der Mode – jedoch weitgehend ausschließt.

Die Mode ist also das Gebiet, auf dem sich das tiefe Einverständnis zwischen Madelaine und mir zuerst zeigte. Aufgrund unserer harmonischen Beziehung macht es mir überhaupt nichts aus, wenn sie einen Mantel „nachkauft", den ich bereits trage. Im Gegenteil: Angesichts ihrer Kaufentscheidung fühle ich mich in meinem Geschmack und damit als Persönlichkeit konsolidiert, da mein Ich ja auch in meinem Geschmacksurteil zum Ausdruck kommt. Indem wir denselben Mantel tragen, geben wir die Tiefe unserer Verbindung auch nach außen hin kund. Als wir zum Beispiel gestern einen gemeinsamen Spaziergang im Partnerlook unternahmen, traten wir wie zwei Freundinnen auf, die ihre Zusammengehörigkeit offensiv zur Schau stellen. Unsere Fashion-Übereinkunft beschleunigt und vertieft unsere Freundschaft.

Auch Carla war zunächst eine Fashionfreundin von mir. Carla ist wie ich seit einer Ewigkeit im Kunstbetrieb verankert, als Künstlerin und mittlerweile auch als erfolgreiche Galeristin. Unser Modeverhalten könnte als lebender Beweis für Georg Simmels These angeführt werden, dass Gleichheitsstreben und Differenzbegehren in der Mode Hand in Hand gehen. Oft möchte ich das tragen, was Carla trägt – also aussehen wie sie –, ihr geht es genauso. Wir gleichen uns einander an, indem wir dieselbe Kleidung tragen. Mit modischen Inszenierungen, bei denen wir uns aneinander orientieren, entwerfen wir uns zugleich aber auch als singuläre Individuen. Wir sind uns ähnlich und doch unverwechselbar.

Dass die Mode auf unser Identifikationsvermögen, auf unser nachahmendes Begehren zielt, habe ich mit Carla ebenfalls häufig erlebt. Einmal saßen wir gemeinsam im Café, es war Hochsommer, und ich trug ein luftiges, schulterfreies Isabel-Marant-Kleid, von dem Carla derart begeistert war, dass sie es sich direkt – gleichsam vom Cafétisch aus – bestellte. Und wenn wir zusammen shoppen, verlassen wir die Boutique oft wie „Hanni und Nanni", als identisch gekleidete Freundinnen, die sich daran freuen, dass das, was bei der einen gut aussieht, auch der anderen steht. Bereitwillig informieren wir uns auch gegenseitig über Schnäppchen oder modische Entdeckungen, so dass keine ihren Informationsvorsprung für sich behält. Die Ergebnisse unserer Moderecherchen werden stets geteilt.

Nur: Während meiner sich anbahnenden Freundschaft mit Madelaine jeder instrumentelle Zug fehlt, ist mein Verhältnis zu Carla hin und wieder doch vom Nutzen geprägt. Oft bin ich mit ihr – auch aufgrund von gleichen lebensstiltechnischen Vorlieben – in den Urlaub gefahren. Diese Urlaube mit Carla verliefen in der Regel harmonisch, bis auf die Tatsache, dass sie mich gelegentlich für ihre Arbeit einzuspannen versuchte. Obwohl ich sie vorher darum ersucht hatte, den Kunstbetrieb zu Hause zu lassen, bat sie mich gleich nach dem Frühstück darum, einen Pressetext für sie Korrektur zu lesen. Angesichts ihres hartnäckigen Bittens ließ ich mich irgendwann darauf ein. Dass es ihr gelang, auch in meinem Urlaub meine Arbeitskraft in Anspruch zu nehmen, ließ jedoch eine leichte Verstimmung in mir aufkommen. Dabei sollte ich ihr das nicht ankreiden, sondern ihr Verhalten auf die instrumentellen freundschaftlichen Verhältnisse im Kunstbetrieb zurückführen. Es handelt sich gewissermaßen um eine *déformation professionelle*: Die anderen auf ihren möglichen Nutzen abzuklopfen ist in diesem Habitat eine weitverbreitete Überlebensstrategie. Auch ich bin gleichermaßen geprägt von derartigen Nutzenabwägungen, von denen ich mich auch im Urlaub nicht freimachen kann. Ich erinnere mich in diesem Zusammenhang an ein Yoga-Retreat, bei dem ich eine Sammlerin kennenlernte, der ich später ein Abonnement meiner Zeitschrift und Editionen anbot.
Da der Übergang zwischen Freizeit und Berufsleben in der Kunstwelt ohnehin fließend ist, wäre es zu viel verlangt von Carla, dass sie sich im Urlaub eine Art Business-Abstinenz auferlegt. In der Kunstwelt lernt man gleich zu Beginn, dass man von jeder sich bietenden Gelegenheit profitieren, aus jeder Begegnung Profit schlagen muss. Auch im Umgang mit Freund*innen spielen diese Berechnungen immer wieder mal eine Rolle – ebenso wie die gemeinsam verbrachten Urlaube davon durchzogen sind.

Dass ich weder mit Carla noch mit Madelaine auf der Fashion-Ebene rivalisiere, bedeutet im Übrigen nicht, dass ich immer entspannt bleibe, wenn andere Frauen meine modischen Präferenzen kopieren. Vor Jahren gab es einen Vorfall, als ich eine „befreundete“ reiche Sammlerin durch die Berliner Boutiquen führte. In einem Geschäft hatte ich kurz zuvor eine Lederjacke für mich zurücklegen lassen, die ich mir (noch) nicht leisten konnte. Ich wollte auf sie sparen und hoffte, der Boutiquenbesitzer würde sie so lange für mich reservieren. Nach unserem Besuch erfuhr ich dann von ihm, dass sich die Sammlerin just diese Jacke wenig später gekauft, sie mir also weggeschnappt hatte. An diesem Beispiel zeigt sich die Gewalt der „mimetischen Rivalität“ in Reinform: Das Begehren der Sammlerin war erst durch meines getriggert worden. Sie wollte genau das Teil haben, an dem mein Herz hing, und zwar *no matter what*. Mit ihrem Kauf demonstrierte sie mir zudem die Macht des Geldes. Wer bezahlen kann, hat den Vortritt in der Fashionwelt. Dass ich an dieser Jacke hing, machte sie unwiderstehlich für sie. Dabei hätte sie jede andere haben und kaufen können. Indem sie sich ausgerechnet „meine“ Lederjacke holte und dabei mein Begehren nachahmte, sorgte sie dafür, dass ich als ihre Rivalin ausgeschaltet wurde. Denn dieses Prachtexemplar einer Jacke war das letzte seiner Art.

20.3.2021

Durch das soeben Gesagte laufe ich Gefahr, von meinen Leser*innen als hoffnungslos oberflächlich und konsumistisch abgestempelt zu werden. Es mag ja noch angehen, dass ich mich für die Mode als eine identitätsstiftende Praxis interessiere. Dass ich jedoch mein ganzes Geld für Fashion-Items ausgebe und zeitaufwendige Streifzüge durch diverse Websites und Boutiquen unternehme, um mich über die aktuellen Kollektionen zu informieren, scheint etwas frivol. Sollte ich mein Geld nicht in langlebigere Dinge investieren, sollte ich meine Zeit nicht mit sinnvolleren Beschäftigungen als einer stundenlangen Mode-Recherche verbringen? Einige Leser*innen dieser Zeilen werden sich zudem fragen, wie man eigentlich Fashion Victim und Intellektuelle zugleich sein kann und welchen Mangel ich mit meinen manischen Einkäufen kompensiere.

Allerdings sehe ich darin gar keinen Widerspruch. Denn ich reflektiere ja meine „Sucht" in demselben Maße, wie ich ihr gelegentlich erliege. Und die Sprache der Mode kann aus meiner Sicht diejenige*derjenige besser verstehen, die*der sie auch spricht. Zwar bin ich mir selbst nicht vollständig transparent in meiner Modebegeisterung, aber ich habe doch eine Ahnung, dass ihr eine tiefgehende Unsicherheit, eine Angst zugrunde liegen könnte. Vor allem dem Kunstsozialen gegenüber fühle ich mich besser gewappnet, wenn ich etwas Neues anhabe. Das Kleid eines angesagten (und auch von mir geschätzten) Designers, das ich auf einer Eröffnung trage, wirkt wie ein Schutzschild, der mich selbstbewusster auftreten lässt und in meinen Augen weniger angreifbar macht. Gut gelaunt vermag ich durch das neue Outfit in den Galerieraum hineinzuschweben. Es nimmt mir die Angst vor den klassifizierenden Blicken der anderen und gibt mir die (imaginäre) Sicherheit, dass sie mir nun nichts mehr anhaben können. Diese Vorstellung, dass mich die Mode „an vorderster Front" verortet *und* dass sie zugleich eine Art Rüstung sein kann, ist zwar ein Phantasma, aber deshalb nicht weniger wirkmächtig. Wenn ich mich modisch kleide, zeige ich mich als eine Person, die sich nach dem Veränderlichen zu richten vermag. Ich gebe mich als informiert und beweglich zu erkennen sowie als jemand, der mit der Mode konform geht, der sich ihrer Norm unterwirft. Die Mode ist also eine kulturelle Autorität, die mir den Rücken stärkt – das Designerkleid gibt mir und meinem Anliegen mehr Gewicht. Nicht nur für Galerieöffnungen, sondern auch anlässlich von Treffen mit Freund*innen bemühe ich mich deshalb stets um einen modisch informierten Look. Das hilft mir dabei, ein Bild von mir abzugeben, mit dem ich (halbwegs) einverstanden sein kann. Die Mode trägt mich über mich selbst hinweg. Sich ihr zu verschreiben kann *uplifting* sein.

In meinem Leben habe ich stets der Inszenierung den Vorzug vor dem (vermeintlich) Authentischen gegeben. Das hat sowohl philosophische als auch biografische Gründe. In philosophischer Hinsicht glaube ich nicht an ein Authentisches jenseits der Inszenierung. Bei näherer Betrachtung rangieren alle Erscheinungen in einem Feld zwischen den Polen „authentisch“ und „inszeniert“. Hinzu kommt, dass ich seit meiner Kindheit zur Inszenierung animiert wurde und damit auch ganz gute Ergebnisse erzielt habe. Speziell mein Vater schätzte mich immer dann besonders, wenn ich „gut aussah“, gut gekleidet war und einen überzeugenden Auftritt hinlegte. Tief in meinem Inneren bin ich deshalb wohl der Ansicht, dass man mich nur dann liebt, wenn ich mich gekonnt und möglichst modisch inszeniere. Was einmal eine traurige Notwendigkeit im Kampf um die Aufmerksamkeit und Liebe meines Vaters war, ist in der Zwischenzeit jedoch in eine genussvolle Alltagspraxis umgeschlagen, die mir durchaus Freude bereitet. Der psychische Druck ist weniger ausgeprägt, denn inzwischen gibt es auch Menschen in meinem näheren Umfeld, denen es ganz egal ist, was ich trage, die mich dessen ungeachtet schätzen und es kaum registrieren, wenn ich etwas Neues anhabe. Auch aus diesem Grund hat mein Inszenierungsfuror etwas nachgelassen – ich habe die Erfahrung gemacht, dass unauffällige Looks ebenso gut funktionieren. Und dennoch: Es beschwingt mich geradezu, einen neuen Pullover zu tragen, ihn meinen Fashionfreund*innen vorzuführen. Es liegt mir daher fern, von meiner Leidenschaft abzulassen.

23.3.2021

Mit einer meiner ebenfalls modebegeisterten Freundinnen – sie heißt Violaine und ist Filmemacherin – spreche ich grundsätzlich nur am Telefon. Wir führen das, was man eine *Telefonfreundschaft* nennen könnte. Oft rufen wir uns mehrmals wöchentlich an und telefonieren über Stunden, gehen dabei alles durch: unsere Lieblingsmodedesigner*innen, Feuilletonartikel, Romane, die uns begeistern, Ausstellungen, die uns gefallen haben, empfehlenswerte Filme auf Netflix oder bemerkenswerte Vorfälle im Freundeskreis. Der Übergang zwischen Kulturkritik, Lästern, Textexegese und Klatsch ist dabei fließend. Was die Deutung der besprochenen Kulturerzeugnisse und Ereignisse betrifft, sind wir uns zumeist erstaunlich einig. Und dies, obwohl wir auf anderen Wegen zu unseren Urteilen gelangen: sie eher impulsiv und intuitiv und ich mit Blick auf die historischen Umstände, in die ein Kulturprodukt eingelassen ist und die es wahlweise relevant oder fragwürdig erscheinen lassen.

Leibhaftig treffen wir uns nur selten. Uns scheint das Telefonieren mehr zu liegen. Es konfrontiert uns nur mit einem Fragment der anderen – mit der Stimme, in welcher der Körper als Resonanzboden jedoch mitschwingt. Wenn wir uns, was selten genug geschieht, in Cafés treffen, überfordert uns die körperliche Anwesenheit der anderen ein wenig. Wir können uns einander wohl nur unter der Bedingung nahe fühlen, dass wir uns nicht physisch nahekommen.

Bei Kracauer finden sich treffende Überlegungen zu solchen Distanzfreundschaften, die ihm zufolge auch deshalb so wohltuend sind, weil sich das unmittelbare Zusammenleben von Menschen „gleicher Wesensart" oft „nur unter Reibung" vollziehe. Es also „live" mit den Freund*innen auszuhalten ist gar nicht so einfach. Deshalb liegt der Griff zum Telefon als eine Art Distanzhalter nahe. Durch die Entfernung könne sich das Freundschaftsgefühl, so Kracauer, sogar noch intensivieren. Für ihn ist die Gegenwart des anderen „keine unbedingte Erfordernis" der Freundschaft. Denn in Freundschaften gehe es grundsätzlich um etwas anderes: um zwei einander findende und aneinander wachsende Persönlichkeiten. Die Entfremdung muss dabei laut Kracauer in der Freundschaft gestattet sein – sie habe elastisch genug zu sein, um die Möglichkeit zuzulassen, dass einem der*die andere fremd wird. Auch bei Violaine und mir ist es so, denn die Vertrautheit, die wir am Telefon verspüren, diese Form des Sich-Findens, lässt sich nicht ohne Weiteres in unsere realen Begegnungen hinüberretten. Im Café sitzen wir uns gegenüber, als würden wir uns zum ersten Mal begegnen. Wir spüren die Kracauer'sche Reibung, die Distanz ganz deutlich. Dass wir diese Fremdheit zulassen, dass wir sie nicht als eine Gefährdung unserer Freundschaft begreifen, darin scheint mir das große Potenzial unserer Bindung zu bestehen. Wobei es ihre Bedeutung natürlich auch einschränkt, dass wir im Grunde nur die Stimme der anderen ertragen – ihre leibhaftige Anwesenheit hingegen erscheint uns gewöhnungsbedürftig. Diese nur partielle Akzeptanz verweist auf die Schwierigkeit, die andere vollständig anzunehmen in der Freundschaft. Ich denke, eine solche vollkommene Akzeptanz ist kaum zu erzielen. Immer blenden wir einen Teil des Wesens des Freunds*der Freundin aus, um mit ihm*ihr befreundet bleiben zu können.

1.4.2021

Es ist also nicht möglich, eine Person in all ihrer Komplexität zu erfassen. Selbst meine engen Freund*innen Solange und Majorie sind mir in mancher Hinsicht fremd. Das gilt natürlich auch umgekehrt: Obgleich ich meinen Freund*innen mein Innenleben offenbaren möchte, gebe ich nicht alles preis. Es dringt nur ein Bruchteil dessen nach außen, was mir in ihrer Gegenwart durch den Kopf geht. Ich behalte viel für mich. Denn ich möchte meine Freund*innen nicht verletzen, und einige Gedanken halte ich auch aus Scham zurück. Mit manchen meiner Überlegungen laufe ich Gefahr, in ihren Augen als nicht besonders liebenswert zu erscheinen. Ich urteile in Gedanken oft sehr streng und analysiere bestimmte Vorkommnisse zu erbarmungslos. Auch über die wenig schmeichelhaften Psychogramme von gemeinsamen Bekannten, die ich häufig und nur für mich erstelle, spreche ich nur selten. Ich zensiere also meine inneren Monologe, bevor ich Solange und Majorie mit ihnen behellige. Der Bodensatz des von mir Zurückgehaltenen, das, was mich womöglich wenig sympathisch erscheinen lässt, wird in meinem Tagebuch festgehalten. Das Journal ist somit – auch wenn dies pathetisch klingen mag – mein bester Freund. Tagebuch schreibend wende ich mich seit meinem achten Lebensjahr an ein „fiktives Ich", wie es Elias

Canetti genannt hat. Ich spreche in ihm also zu meinem Tagebuch-Ich, das zahlreiche Schnittmengen mit meinem sonstigen Ich aufweist, ohne mit ihm identisch zu sein. Ich bin's und doch wieder nicht. Dieses „fiktive Ich“, das im Tagebuch zu Hause ist, hat Canetti zufolge den wesentlichen Vorzug, dass es einem wirklich zuhört und sich niemals abwendet. Es ist immer zur Stelle.

Dem Tagebuch kann man tatsächlich *alles* zumuten. Eben weil seine Duldsamkeit keine Grenzen kennt, lässt sich das Erlebte in ihm maßlos zuspitzen. Und so neigt mein Tagebuch-Ich zu exzessiven Ausschweifungen. Canetti bemerkt zu diesem Phänomen, dass der Mensch „recht eigentlich aus Übertreibung“ bestehe, dass man diese „Anlage“ jedoch nicht bekämpfen müsse – schon gar nicht als Schriftstellerin, würde ich ergänzen. Ohne sprachliche Hyperbolik ist Literatur kaum vorstellbar. Der höhere Sinn des Übertreibens besteht für Canetti darin, dass man mithilfe dieses Stilmittels die „Schärfe und Konkretheit aller Dinge“ herausarbeiten könne, „die ein Leben ausmachen“. Canetti hält also die übertriebene oder aufbauschende Darstellung von Ereignissen insofern für angemessen, als diese von den Betroffenen nun mal als drastisch und unmittelbar erfahren werden. Man muss gewissermaßen übertreiben, um die als massiv empfundenen seelischen und körperlichen Auswirkungen des im Leben Erfahrenen angemessen festhalten zu können. Die gefühlte Härte, mit der sich gesellschaftliche Zwänge in der eigenen Biografie niederschlagen, lässt sich anscheinend besser ertragen, wenn man das Erlebte in schillernden Farben wiedergibt oder massive Ausschmückungen vornimmt. Canetti bemerkt hierzu, dass der die Dinge aufgrund ihrer Schärfe übertreibende Mensch „explodieren oder sonst wie in Stücke gehen müsste“, wenn ihm nicht sein Tagebuch zur Verfügung stünde. Tatsächlich würde ich wohl vor innerem Druck platzen, hätte ich nicht das Tagebuch als mein Ventil. Es hat Canetti zufolge eine beschwichtigende Funktion: Erst der „geschriebene Satz“ würde den Menschen „beruhigen und bändigen“. Tagebücher sind auch für mich

Beruhigungsmittel. Denn sobald ich ein verstörendes Erlebnis in meinem Tagebuch verarbeitet habe, bin ich nicht mehr so unmittelbar davon betroffen und fühle mich deshalb weniger gebeutelt. Indem ich es schriftlich niedergelegt habe, wurde das Geschehen ein wenig unter Kontrolle gebracht – ich bin ihm nicht mehr so wehrlos ausgeliefert, sondern habe es in *meine* Worte gefasst, in eine literarische Form gegossen. Was mich zuvor noch aufwühlte und niederschmetterte, hat sich durch die Niederschrift in etwas Aushalt- und Bewältigbares verwandelt. Diese beruhigende Wirkung des Tagebuchs scheint damit zusammenzuhängen, dass ich mit dessen Hilfe Distanz gewinnen kann. Denn der darin notierte Satz – so hat es Canetti treffend beschrieben – ist nicht gleichzusetzen mit dessen Autorin. Dieser Satz sei immer ein anderer als derjenige, der ihn aufgeschrieben habe. Das im Tagebuch Festgehaltene stammt demnach zwar von mir ab, es führt jedoch ein Eigenleben. Es absorbiert das mitunter belastende Geschehen und trägt es fort von mir. Was ich als schmerzhaft empfinde, relativiert sich, sobald es schwarz auf weiß geschrieben steht.

Ich bin tatsächlich ruhiger, sobald ich die kleinen und großen Dramen meines Lebens – auch die Freundschaftsdramen – in meinem Tagebuch abgelegt habe. Irgendwann werde ich ihnen dort vielleicht wieder begegnen. Sehr wahrscheinlich ist das jedoch nicht. Alte Tagebucheinträge zu lesen zählt nicht zu meinen Angewohnheiten. In den seltenen Fällen, in denen ich mich doch darin vertiefe, stehe ich fassungslos vor den Freuden und Leiden meines Tagebuch-Ichs, als wären es die einer anderen. Zwar leide ich gelegentlich mit oder werfe einen verständnisvollen Blick auf mein früheres Ich, nehme es tröstend an die Hand. Aber letztlich ist mir das in meinem Tagebuch Niedergeschriebene fremd geworden, ich vermag es kaum mehr auf mich zu beziehen. Diese Entfremdungsgefühle gegenüber dem eigenen Produkt stellen sich auch in diesem Moment wieder ein, in dem ich dieses tagebuchartige Freundschaftsbuch abschließe und seinem Schicksal überlasse. Zwar hat es die Höhen und

Tiefen meiner Freundschaftserlebnisse in sich aufgenommen. Aber zugleich ist es im Laufe des Schreibprozesses zu einem von mir abgetrennten, irgendwie selbsttätigen Wesen mutiert – einem Wesen, das mitunter eine schwer zu bändigende Dynamik entfaltet hat. Dass dieser Bericht über die Freundschaft viel Ungeplantes und Unkontrollierbares enthält, passt aber auch zur Unverfügbarkeit der Freundschaft: Sie lässt sich nicht in den Griff bekommen, und auch auf seine Freund*innen hat man nur bedingt Einfluss. Dies ist womöglich der wesentliche Ertrag meiner Mühen: Die Arbeit an diesem Band hat mir die Augen geöffnet für das Wesen mancher meiner Freundschaften und sie hat es mir erlaubt, deren Unvollkommenheit zu akzeptieren.

Isabelle Graw:
Vom Nutzen der Freundschaft

Lektorat: Jan-Frederik Bandel
Gestaltung: Natalia Agapova
Druck: Gutenberg Beuys Feindruckerei Gmbh, Langenhagen

Coverabbildung:
Sturtevant, *Warhol Flowers*, 1970

Foto: Charles Duprat.
Courtesy Thaddaeus Ropac gallery, London / Paris / Salzburg / Scoul

Erschienen im Verlag Spector Books, Leipzig.
www.spectorbooks.com

Distribution
Deutschland, Österreich:
GVA, Gemeinsame Verlagsauslieferung Göttingen GmbH&Co. KG,
www.gva-verlage.de
Schweiz:
AVA Verlagsauslieferung AG,
www.ava.ch

1. Auflage 2022

Printed in Germany
ISBN 978-3-95905-585-7